JN229113

遊牧亭散策記

長谷川 忍

[新]詩論・エッセイ文庫㉘

土曜美術社出版販売

[新]詩論・エッセイ文庫28

遊牧亭散策記

＊

目次

写真／著者

遊牧亭散策記

東向島から、堀切へ

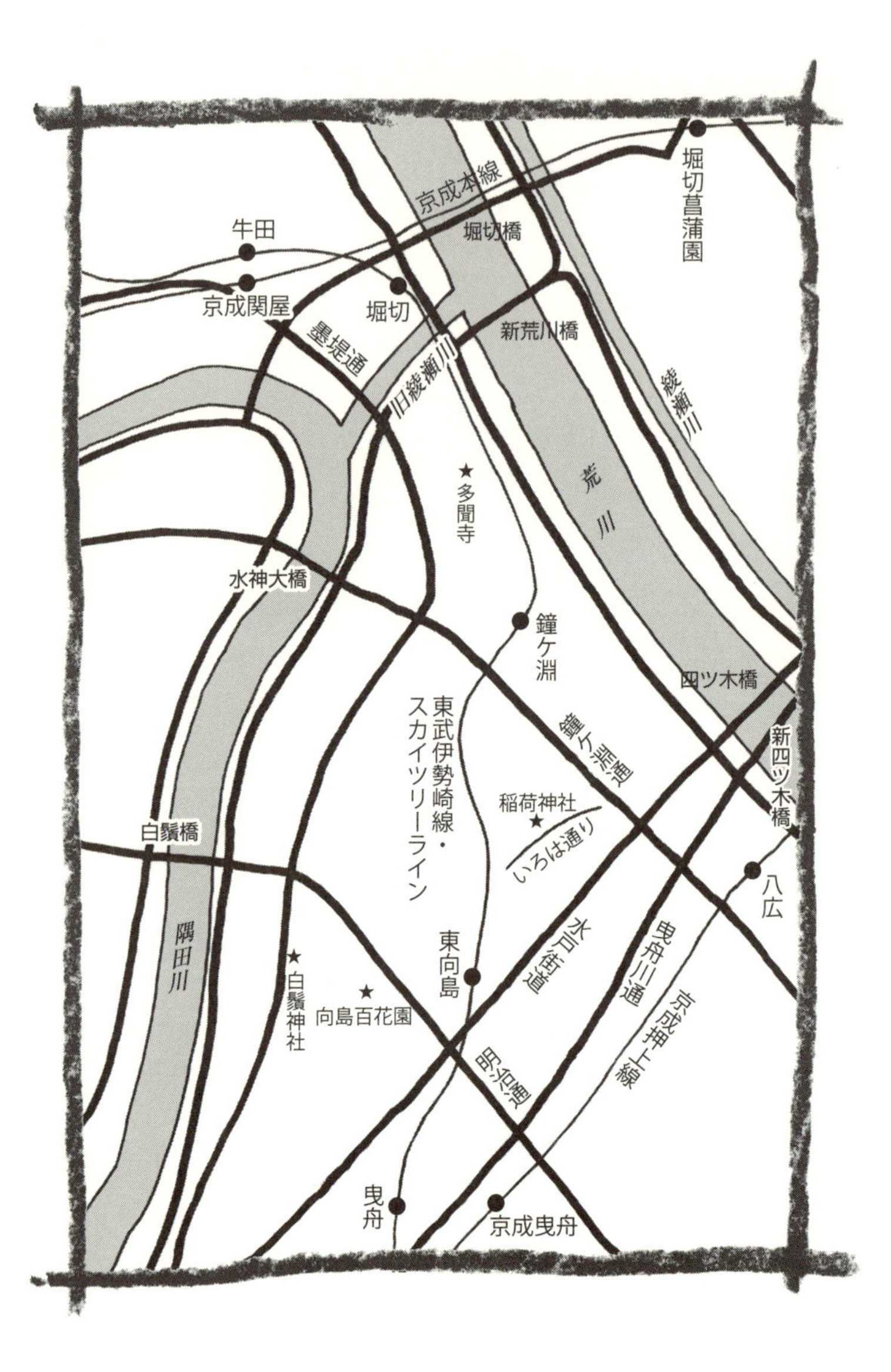
京成本線
堀切菖蒲園
牛田
堀切橋
京成関屋
堀切
墨堤通
旧綾瀬川
新荒川橋
綾瀬川
荒川
多聞寺
水神大橋
鐘ケ淵
四ツ木橋
東武伊勢崎線・スカイツリーライン
鐘ケ淵通
新四ツ木橋
稲荷神社
いろは通り
白鬚橋
八広
隅田川
水戸街道
曳舟川通
京成押上線
東向島
白鬚神社
向島百花園
明治通
曳舟
京成曳舟

東京散策記を書いてみませんか、との依頼を頂いた。散策の中に、文学や映画などの風景を盛り込んだ感じのエッセイでいかがでしょう。

「私、堅いものは書けないのですが、それでもよろしいですか」

念のため、伺ってみた。いや、そういうのでなくても構わない、とのことだったのでお受けすることにした。

町歩きは、十代の頃から好きだった。現在に至る散策スタイルになったのは、一九九〇年代に入ってからだろうか。東京の下町に沿い、水のある風景を好んで歩いてきた。隠れるような感じで町の中に入っていく。溶け込んでいく。

やはり、東京下町散策が好きだった文豪永井荷風の亭号は、断腸亭。荷風を読むようになって以降、私も勝手に遊牧亭と名乗ることにした。亭号、今風にいうならハンドルネームですね。私の場合、風流とはほど遠いけれども。

今回も、東京の東側を中心に、東京近辺の町も含め、ゆっくり歩いてみようかなと思っている。しばらくの間、遊牧亭散策にお付き合いください。

十一月初旬の午後、東武スカイツリーラインの東向島駅で下車した。向島百花園へと向かう。今日は、好天に恵まれた。汗ばむほどである。七月から続いていた緊急事態宣言は解かれていたが、影響はまだあちこちで残っている。向島百花園は予約制になっていた。この日は入園者がそれほど多くはなく、予約なしでも入園することができた。

今の時期は、花が少ない。それでも、山茶花、石蕗などが咲いていた。萩もわずかだが咲き残っていた。

詩友が、かつて百花園のすぐ近くに住んでいた。もう三十年以上前だ。歳は私よりずっと上だったが、含羞を絶やさぬ優しい方だった。山之口貘を彷彿させる味のある詩を書かれていた。一度、彼と百花園内を一緒に歩いたことがある。その後、故郷の長崎に戻られてからも詩作を続けられていた。訃報が届いた日のことは、今でもはっきり憶えている。

詩友の住んでいたアパートは、瀟洒な住宅に建て替わっていた。その横を過ぎ、白鬚神社へ向かった。途中、「百花珈琲」というカフェを見つける。最近できたお店のようだ。ちょっと入ってみようかなという誘惑にかられたのだが、この後訪ねてみたいお店があったので、次回の楽しみにとっておく。

白鬚神社の周辺には、長屋風の家々が残っている。その中に染物のお店があった。ずい

向島百花園

ぶん古い建物だ。現在も営業しているのだろうか。神社に入ると、すぐのところに小さな幟が立っていた。「祝七五三詣」と書かれている。…そうか、もう七五三だな。境内に、紅色の可愛い着物を着た少女が、両親に付き添われている。母親が慌てている。「こら、そっち行っちゃダメでしょ！」。

二十年くらい前まで、神社のすぐ横に古い木造アパートが残っていた。たぶん、昭和三十年代に建てられたものだろう。当時、このアパートの一室を借り、週末だけこっそり泊まりに来ようなどと企んでいたことを思い出す。まあ、別荘ですね。金曜日、仕事を終え、その足でアパートに直行。近所の銭湯で疲れを癒やし、これまた近所の飲み屋さんで焼酎を頂く。翌日は、アパートでゆっくり読書。そんな企みも、結局企みだけで終わってしまった。

九〇年代の前半頃、この界隈を舞台にした『杯気分！肴姫』（入江喜和・講談社コミック）という漫画があった。「モーニング」誌に連載されていた作品だ。東向島にある飲み屋さんの若女将を主人公にした人情コメディー。この漫画に、白鬚神社が時々登場していた。九〇年代、もう平成に入っていたが、まだ昭和の匂いの色濃かった時代だった。私が東京の下町を歩き始めたのが、ちょうどこの頃。この散策の前に、久し振りに入江作品を読み直してみた。飲み屋さんの名前は、酒奈亭。こんな若女将がいたら贔屓にしたい。

向島百花園も、白鬚神社も、隅田川七福神である。向島百花園は、福禄寿。白鬚神社は、寿老神。歩いていると、玄関先に花の鉢植えを置いている家を多く見かける。ゼラニウム、千日紅、ランタナ、シクラメンの鉢植えがもう出ている。まもなく立冬。路地の合間から東京スカイツリーが見える。踵を返し、いったん東向島駅まで戻った。


東向島は、かつて玉の井と呼ばれた私娼街だった。駅のホームにある「東向島駅」と書かれた駅名標示の横に、小さく「旧玉ノ井」と記されている。戦前から、一九五七（昭和三十二）年の売春防止法施行まで、亀戸とともに色街として繁栄した。永井荷風の『濹東綺譚』、吉行淳之介の『原色の街』の舞台にもなっている（『原色の街』は、玉の井からほど近い「鳩の街」という赤線が舞台である）。『濹東綺譚』は戦前、『原色の街』は、戦後間もない頃の物語だ。

少し前まで、町のあちこちに「玉の井」という標記が残っていたが、現在はほとんど見かけなくなった。東向島駅から鐘ケ淵駅方面に向かって少し歩くと、いろは通りと交差する。このあたりが私娼街の中心だった。細い路地が縦横に入り交じって、迷路のようだったらしい。滝田ゆうの漫画『寺島町奇譚』が、当時の玉の井の様子を独特の画風で描写している。滝田は戦前の玉の井で生まれ育った。

往時の賑わいこそないが、いろは通りには昔からの個人商店がまだずいぶん残っている。チェーンの大型スーパーばかり見慣れた目には、ほっとするというか懐かしい光景である。そんな中に、一軒のカフェがある。古い商店をリニューアルしたのだろう。「玉ノ井カフェ」と書かれている。やはり最近出来たお店だが、コロナ禍でずっと閉まったままだった。お店の中をちょっと覗いた。今日は営業しているようだ。おじゃましてみた。

窓際の席で一組の若いカップルがのんびり雑談をしている。席に着くと、主人らしき女性から、「アルコール消毒をお願いします」。慌てて消毒をする。

落ち着いた感じのお店である。ブックカフェだ。店内には、たくさんの本が置かれていた。荷風全集がある。それから荷風関連の著書。向田邦子や江國香織の著書も揃っている。向田さんは好きな作家なので、嬉しくなった。メニューに「荷風ブレンド」というのがある。注文し、一息ついた。

席を立ち、荷風関連の著書の棚を眺めていたら、ご主人が声をかけてきた。私と同年配か、少し上かもしれない。

「荷風がお好きなんですか？」

「はい、荷風全集も持っています」

「そうですか。ここに町の写真がありますので、よかったらご覧になってみてください」

棚の横に置いてあった写真のスクラップ帳を見せてくださった。たぶん、私のようなファンがよく訪れるのだろう。慣れた様子で説明をしてくれる。往時を彷彿させる古い娼家風の建物と、町中の写真だ。ここ数年でずいぶん取り壊されてしまったと残念そうにご主人は微笑んだ。向島百花園、白鬚神社に寄って後、このお店に来たと話す。

「百花園も萩が終わっちゃったから、寂しいですね」

「でも、山茶花や石蕗が咲いていましたよ。菊の鉢もきれいでした」

ご主人から、「鐘ケ淵・向島エリアマップ」というのを頂いた。これから歩こうと思っていた場所が詳しく紹介されている。ありがたい。お勘定を済ませ、彼女に礼を言って後、お店を出た。

エリアマップを見ると、いろは通りの、カフェがあった側が東向島五丁目。向かい側が墨田三丁目になっている。過去に幾度となく歩いた場所だが、いまだに心もとない。玉の井と呼ばれていた頃は東向島五丁目側が賑やかだったそうだ。現在その痕跡はほとんど

東向島の路地

見られない。向かい側の墨田三丁目側のほうに往時の迷路のような路地や古い家屋が残っていた。それでも、以前に比べると古い家屋も減っている。昭和は遠くになりにけり、である。

玉ノ井カフェの向かいくらいのところに、稲荷神社があったはずだ。願満稲荷神社。荷風の随筆にも登場する。ところが見つからない。神社のほうに入る路地があったはずなのだが、新しいマンションが建ってしまい、路地が塞がれていた。少し東武線の高架線路のほうまで戻り、マンションの裏手を探してみた。小さなビルとマンションのわずかな狭間に、神社の鳥居が見える。路地は完全に塞がれ、神社の前は袋小路になっていた。この神社には、荷風の随筆「寺じまの記」の一節と、彼が書いた当時の玉の井の地図が掲示されている。荷風も、何だか窮屈そうだ。

再び、いろは通りに出、反対側の路地に入る。玉ノ井カフェの斜め裏側くらいになるか。ここに、『濹東綺譚』のヒロインお雪さんのいた娼家があったという設定である。もちろん娼家はない。小説に登場する伏見稲荷神社も戦争で焼けてしまった。曲がりくねった路地が続いているばかりである。

いろは通りから墨田三丁目の路地を歩いていると、迷宮(ラビリンス)と呼ばれていた頃の玉の井の面影がわずかによみがえってくる。

永井荷風が、面白いことを書いていた。

> 小説をつくる時、わたくしの最も興を催すのは、作中人物の生活及び事件が展開する場所の選択と、その描写とである。わたくしはしばしば人物の性格よりも背景の描写に重きを置きすぎるような誤(あやまち)に陥ったこともあった。

『濹東綺譚』の主人公である老作家大江匡が、娼婦お雪と出会うのは、玉の井の中心街から少し外れた路地でのことだ。ちょうど梅雨の季節。大江が、書いている小説の舞台をこのあたりにしようと路地をあちこち物色し歩いていた矢先、驟雨にみまわれる。傘を広げたとたん、その傘に入ってきた若い女がいた。「旦那、そこまで入れてってよ」。お雪さんである。大江は、彼女を娼家まで送っていく。これをきっかけに、大江とお雪との交情が始まる。

といっても、艶っぽい場面があるわけではない。おとぎ話みたいな不思議な物語なのだ。淡々としている。大江は、荷風のほぼ分身と捉えてよい。当時の荷風は五十代の後半、もう老齢だろう。この小説を最初に読んだのは、三十代だった。大江の歳を追い越してしまった今あらためて読み直してみると、奇妙な安堵感があるのだ。

荷風は、隠れたかったのだろうなと思う。この作品が発表されたのは一九三七（昭和十二）年。前の年に二・二六事件が起こり、日中戦争が勃発する直前である。世の中がきな臭くなっていた。元来反骨精神が旺盛で軍人を毛嫌いしていた彼からすれば、何ともやるせない。でももう若くはない。この作品を書くにあたり事前にずいぶん玉の井に足を運んだようである。きっと、陋巷のどこかで安堵できる場所を探していたのかもしれない。

ちなみに、『原色の街』は戦後の鳩の街が描かれている。比較して読んでみると面白い。吉行淳之介は、風景よりも心理描写のほうに重きを置いている。とくに、ヒロインの娼婦あけみの気持ちの流れ、変化が、乾いたタッチで表現されている。この作家の持っている空気感は好きだ。文体も洗練されている。

私も、路地に隠れるような感覚で散策をする。荷風は、小説の他に散策随筆をたくさん執筆している。日記（『断腸亭日乗』）を読んでいても、暇さえあれば町歩きばかりしている。

人生のほとんどを、独身者、独り暮らしで過ごした。単身というスタイルは彼に合っていたのだろう。「放水路」という随筆にこんなくだりがある。

四、五年来、わたくしが郊外を散行するのは、（中略）市街河川の美観を論述するのでもなく、また寺社墳墓を尋ねるためでもない。自分から造出す果敢ない空想に身を打沈めたいためである。平生胸底に往来している感想に能く調和した風景を求めて、瞬間の慰藉にしたいためである。その何が故に、また何がためであるかは、問詰められても答えたくない。

歩いているうち、何軒か、昔娼家だったのではないかという造りの民家を見かけた。路地の先に銭湯がある。隅田湯と書かれている。入り口にはシャッターが下りていた。廃業してしまったらしい。すぐ隣にあるコインランドリーも空になっていた。その横は大衆酒場「十一屋」。面白い店名だな。酒場の先を右に曲がり、さらに路地を進んでいく。小さな町中華のお店がある。その向かいは果物を売るお店。店頭にいる熟年の店主と目が合った。用心深そうに私のほうを伺っている。

このあたりも、小さな路地がくねくね交差している。一度、夜に歩いたことがあったが、情味があった。北千住の酒場でビールを頂き、それから鐘ケ淵経由でこの路地をふらふら歩いた。適度にお酒が入っていると、この世と異界の境を歩いているような何というか変な感覚に陥る。コロナ禍になり、外で飲む機会もめっきり減ってしまった。コロナが収束したら、またほろ酔い夜歩きも復活してみようか。

路地を行ったり来たりしているうち、再び東武線の線路に行き着いた。鐘ケ淵駅である。隣の東向島駅は高架の近代的な駅だったが、こちらは停車場の雰囲気が残っている。特急電車や急行電車がこの駅で各駅停車の電車を追い抜くため線路が複々線になっている。駅前の踏切を渡ると、小さな商店街が入り組んでいた。再び商店街に沿って歩く。

こちらの路地も、昭和然とした雰囲気が濃厚に残っている。古い理髪店があった。薄青いトタン張りの外壁に、サインポールがかろうじてへばりついているといった感じだ。赤と青が、のんびり、斜めに、ぐるぐる回っている。何枚か写真に収めた。ひとりの女子高校生がすれ違いざま、え、何？　といった表情で過ぎていく。再び銭湯を見つけた。田中湯。こちらは営業をしているようだ。昔ながらの造りである。暖簾に大きく「ゆ」と書かれている。入り口の横に小さな縁台と灰皿が置かれていた。入ってみたいと思ったのだが、残念ながら時間に余裕がない。こちらも次回の楽しみにとっておこう。

高い建物が少ないので、歩いていてほっとする。また古いお宅を見つけた。やはりトタン張りの、さっきの床屋さんよりもさらに古い感じの小さな平屋建てだ。縁側があって、八十代後半と思しきご夫婦がのんびり腰かけている。まるでお人形さんみたいなご夫婦なのである。昔からの住人でいらっしゃるのだろう。今、私が住んでいる台東区の池之端にも、一軒、戦前からの建物ではないかというお宅が残っている。仙人みたいなお爺さんが独りで暮らしていらっしゃる。東京は、まだまだ奥が深い。

荒川土手が近づいてきた。東武線は、鐘ケ淵駅を過ぎると、次の堀切駅まで、荒川土手に沿って走る。土手の下側を走るので、電車から直接荒川を眺めることはできない。線路脇の道を堀切駅方面に向かってまっすぐ歩いていく。途中、少し左に折れたところにある多聞寺というお寺に寄ってみた。ここも隅田川七福神のひとつ。毘沙門天だ。もう閉門に近い時間だったので、境内には私の他誰もいなかった。賽銭箱のすぐ脇に隅田川七福神めぐりのチラシが置いてあった。七福神のコースが丁寧に紹介されている。墨堤通りに沿ったコースのようだ。境内を出てすぐのところに、大きな銀杏の木が一本立っていた。黄色い葉を落とし始めていた。

堀切駅前の陸橋を渡ると、荒川土手に出る。視界が一気に開けた。時計を見ると、午後五時を少し回っている。もう空が暮れている。土手の少し先に堀切橋が見える。このあたりは、小津安二郎監督の映画『東京物語』の舞台になったところだ。近年では、テレビドラマ『三年Ｂ組金八先生』の舞台にもなった。

小津監督の『東京物語』は好きな映画だ。広島県の尾道に住む老夫婦（笠智衆、東山千栄子）が、東京在住の子供たちを訪ねるため上京する。開業医をしている長男（山村聰）が、堀切駅からほど近いところに住んでいた。東山千栄子が孫（男の子）を連れ、荒川土手を散策するシーンがある。孫を見つめながら、彼女は独りごちる。「あんたがお医者さんになる頃、おばあちゃんはおるかのう」。このセリフは今も強く印象に残っている。映画が公開されたのは、一九五三（昭和二十八）年。孫も、健在ならもう七十代半ばくらいになるのか。堀切橋のあたりも荷風は時々散策したようである。川岸に立つ彼の写真が残されている。川本三郎の『荷風好日』（岩波現代文庫）によると、小津は、荷風日記（『断腸亭日乗』）を愛読していたらしい。日記から荷風が荒川（放水路）をよく散策しているのを知り、「東京物語」に堀切周辺の荒川を登場させたのではないかと、川本は推理していた。面白い仮説だ。

堀切のあたりは、荒川と隅田川が接近している。荒川から五分弱歩くと、隅田川にも出られる。旧綾瀬川の支流が二つの川を繋いでいる。川というより運河のようだ。川の上を、首都高速道路が走っている。この風景に惹かれ、詩を書いたことがある。

線路の手前に
小さな橋があった

欄干から初めて水が見えた

二つの川に挟まれ
運河のようだ

私鉄電車が轟音を上げ過ぎていく
再び静けさが戻った

水はじっと滞っていた
人と人の営みを思ってみた

隅田川まで出てみた。川岸には遊歩道とテラスが完備されている。このあたりまで来ると観光色もなくなり寂しさが漂う。遊歩道まで下り、川を眺めた。川向こうは、荒川区の南千住汐入。現在は再開発でマンション街になっているが、九〇年代の中頃まで古い町並みが残っていた。当時の汐入地区を散策したことがある。もう再開発が始まっていて、町中はところどころ更地になっていた。出来上がったばかりのマンションのすぐ傍らに小さな個人商店があって、その店頭で初老の女性が豚汁の鍋をかき混ぜていたのを憶えている。あの商店も、もうなくなってしまったかもしれない。

地図を見てもらえると分かるのだが、隅田川はここでぎゅっと荒川と接近、再び離れていく。旧綾瀬川の支流も分岐し、不思議な水風景を醸している。人と人の営みを覗いているような独特の雰囲気だ。

川岸の遊歩道から、浅草方面を眺めてみた。旧綾瀬川を渡るともう足立区である。水神大橋の先に、小さく東京スカイツリーが見える。夕暮れが深くなってきた。淡い橙色と藍色が混じり合った微妙な空色だ。ここは夕刻の時間帯に時々訪ねる場所だが、いつ来ても空の色が異なる。人の姿も少なく、私にとって隠れ家的な場所である。今日は、ここまでにしようか。

堀切駅へと戻る途中、旧綾瀬川の堤防の隅っこのほうで野良猫を見かけた。私の姿に気づくと、猫はさっと草むらに姿を隠した。夕闇がさらに濃さを増してきた。

清洲橋を渡って

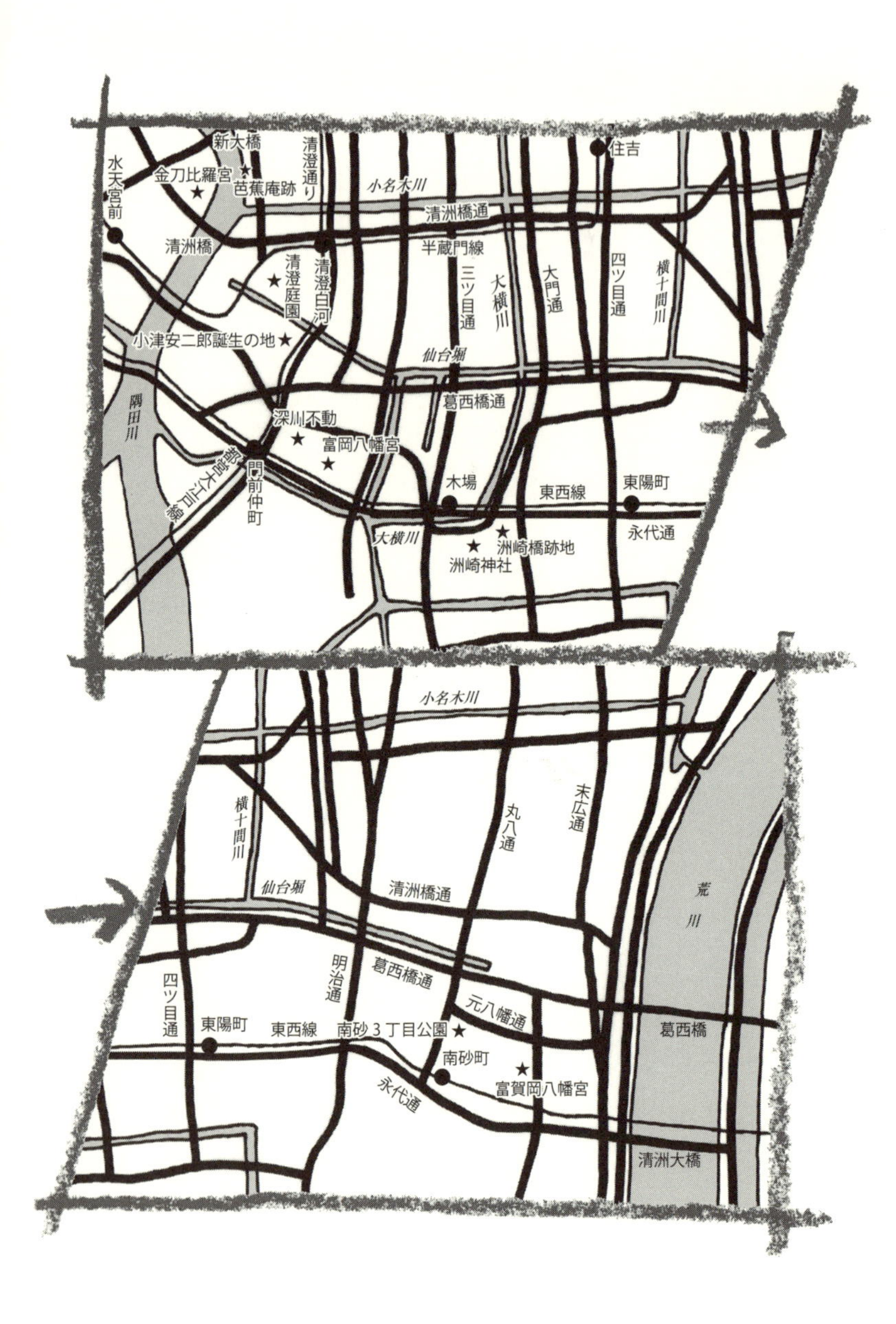
新大橋
水天宮前
金刀比羅宮
芭蕉庵跡
清澄通り
小名木川
住吉
清洲橋通
清洲橋
半蔵門線
清澄庭園
清澄白河
三ツ目通
大横川
大門通
四ツ目通
横十間川
小津安二郎誕生の地
仙台堀
葛西橋通
隅田川
深川不動
富岡八幡宮
都営大江戸線
門前仲町
木場
東西線
東陽町
大横川
洲崎橋跡地
永代通
洲崎神社
小名木川
横十間川
丸八通
末広通
荒川
仙台堀
清洲橋通
明治通
葛西橋通
四ツ目通
元八幡通
葛西橋
東陽町
東西線
南砂３丁目公園
南砂町
永代通
富賀岡八幡宮
清洲大橋

師走に入った。この時期になると一年の早さを実感する。晩秋のたたずまいはあちこちにまだ少しずつ残っている。冬に移り変わっていくまで、その余韻にはできるだけ敏感でいたい。

お昼前、東京メトロ半蔵門線水天宮前駅で下車する。駅から外に出ると、青空が広がっている。水天宮は、駅からすぐである。土曜日のせいもあるが、境内は混み合っていた。入り口のところに「大安戌の日御朱印」と書かれた張り紙があった。今日がその日にあたるようだ。親子連れが多い。七五三風の親子連れも見かけた。ここは安産の神様。入り口の横には、ベビーカーがずらりと並んでいる。さながらベビーカー駐車場のようだ。私は安産とは直接関わりがないのだが、参拝をする。少女の着物姿には可愛らしさと華やかさがある。

水天宮を出て後、隅田川のほうに向かって歩く。首都高速道路の下に東京シティエアターミナルの建物が見えてくる。現在は埋め立てられてしまったが、首都高速道路の下に、一九七〇(昭和四十五)年頃まで、箱崎川という短い川が流れていた。首都高速道路を潜ると、中央区日本橋中洲。地名の通り、このあたりは隅田川と箱崎川に挟まれた洲だった。江戸の昔は、屋敷町だったようだ。現在はオフィスビルが建ち並んでいるが、古い家並みもわずかに残っている。

佐藤春夫の小説『美しき町』は、この町が舞台になっている。いや、正確には、机上での日本橋中洲が舞台といったらよいか。この町に、ユートピアを造ろうとした男たちの物語だ。その計画は、終盤であっけなく崩れてしまうのだが、読後、不思議な切なさが残った。作品が発表されたのは一九一九(大正八)年。その頃の日本橋中洲を上手く思い描くことはできない。幻影のようなものをそっと脳裡の内側に思い描いてみるばかりである。

東京シティエアターミナルの脇を抜け、清洲橋通りに出る。通りを渡ってすぐ左側に、鳥居が見える。金刀比羅宮(ことひら)。四国、香川県にある金刀比羅宮より御分霊を奉斎し、この地に建てられた。境内には、慈愛地蔵尊がある。穏やかなお顔だ。小さなお宮さまだが、落ち着いた雰囲気を醸している。

金刀比羅宮のすぐ裏は、首都高速道路、箱崎川だった頃の堤防の痕跡は、わずかにだが残っている。現在は、あやめ第一公園、第二公園、になっている。二つの公園の間にかつて菖蒲橋という橋があった。箱崎川には、三つの橋が架かっていた。下流から、男橋、菖蒲橋、女橋。佐藤春夫は、なぜこの地を選んでユートピアを書こうとしたのだろう。私の勝手な想像だが、水の匂いに魅かれたのかなどと考えてみたりする。その想像を、詩にしたことがあった。

川は埋め立てられ
頭上を首都高速道路が走る
曇天の空が続いている
水はとうにない

男橋、女橋、
菖蒲橋

橋には、なぜ名がつくのだろう
人間たちの思惑か

作家も橋を渡ったか
消えてしまったか

あやめ第二公園を抜けると、隅田川の堤防はすぐだ。上がってみた。隅田川と、清洲橋が見える。このあたりから隅田川と分岐し、箱崎川となって、現実とユートピアを隔てた。再び公園まで戻り、清洲橋通りを左に折れると、金刀比羅宮。そしてその先は清洲橋だ。橋を渡ると、中央区から江東区に移る。

芥川龍之介の初期の随筆に、「大川の水」というのがある。

両国橋、新大橋、永代橋と、河口に近づくに従って川の水は、著しく暖潮の深藍色を交えながら、騒音と煙塵とにみちた空気の下に、白くただれた日をぎらぎらとブリキのように反射して、石炭を積んだ達磨船や白ペンキのはげた古風な汽船をものうげに揺ぶっているにしても、自然の呼吸と人間の呼吸とが落ち合って、いつの間にか融合した都会の水の色の暖かさは容易に消えてしまうものではない。

清洲橋

この随筆が書かれたのは一九一四（大正三）年。清洲橋が完成したのは一九二八（昭和三）年なので、この随筆の当時はまだ清洲橋は架かっていなかった。新大橋と永代橋の間にある橋である。隅田川のこのあたりを歩く時、いつも芥川の随筆を思い出す。彼は、現在の中央区明石町で生まれている。大川（隅田川）は幼少時から馴染んだ川だったようだ。暖潮の深藍色を交えながら、とは何とも実感のこもった描写である。

清洲橋は、関東大震災後の復興事業のひとつとして造られた。ドイツのケルン市にあったヒンデンブルク橋をモデルにしている。女性的な、優雅な橋だ。この橋と、少し下流にある永代橋は、隅田川に架かる橋の中でも個人的に好きである。

橋から、上流方面を眺める。隅田川はこのあたりで左にカーブしている。右側から、小名木川が分岐する。橋を渡り、小名木川のほうへ歩いていく。分岐してすぐのところに萬年橋が架かっている。小さな橋だが、鉄骨造りの重厚な佇まいだ。永代橋を小さくした感じだろうか。萬年橋も渡って、すぐ左の小路に入る。芭蕉稲荷神社、正木稲荷神社、と小さなお稲荷さまが続く。堤防の手前に石段があり、上がると視界が開けた。深川芭蕉庵跡だ。松尾芭蕉の石像が隅田川を眺めるように建てられている。ここは、芭蕉ゆかりの地。すぐ近くに松尾芭蕉記念館もある。芭蕉庵跡からは、隅田川と清洲橋が一望できる。今日は、陽ざしが眩しかった。

現在は瀟洒なお宅になっているが、正木稲荷神社のすぐ隣に「そら庵」というブックカフェ兼ライブスペースがあった。古い印刷工場をリニューアルしたユニークな空間だった。ここで、よくポエトリー・リーディングが開かれ、観に行ったり、直接リーディングに参加したり、私にとっては思い出深いお店だった。二〇一五（平成二十七）年に惜しまれつつ閉店。松尾芭蕉の弟子であった曽良から付けた店名と聞いている。リーディング系の詩人諸氏と出会うきっかけになった場所でもあった。

コロナ禍のため、昨年、今年、と中止になってしまったが、小名木川では、毎年七月に灯籠流しがある。関東大震災、東京大空襲で亡くなられた方たち、また近年発生した震災で亡くなられた方たちの供養も合わせて執り行われている。一度、灯籠流しを見たことがある。読経する僧侶を乗せた小舟のまわりをたくさんの灯籠が流れていく様は、夜の光景とも相俟って、幻想的だった。深川も、東京大空襲での被害は大きかった。深川に限らず、東京の下町を歩いていると随所で供養塔を見かける。

二年ほど前、西銀座のミニシアターで『小名木川物語』という映画を観たことがある。写真家の大西みつぐが監督した、深川発の自主製作映画だ。久し振りに故郷の深川に戻った青年の目を通し、小名木川周辺の町と人々が抒情的に描かれていた。映画の中でも、灯籠流しのシーンがあった。また、満開の桜並木に包まれた小名木川を屋形船がゆっくり流れていくシーンに魅せられたことを憶えている。灯籠流しを実際に目にしたのは、この年の夏だった。当日、知人のお通夜があり、その後に訪ねた灯籠流しだったので、灯籠の光がひときわ身に沁みた。

余談だが、小名木川に架かる高橋のすぐ近くにかつて常盤亭という寄席があった。永井荷風の「雪の日」という晩年の随筆にこの寄席が登場する。荷風は、若かりし頃、一時期噺家を目指し、この寄席で修業をしていた。六代目朝寝坊むらくの門下に入り、夢之助と名乗っていた。ところが、間もなく父親に見つかり、連れ戻されてしまったという。朝寝坊夢之助か。実は、私も雅号を持っている（勝手に）。保歩。ほほと読む。遊牧亭保歩。どうぞ、お見知りおきを。

閑話休題。今日は暖かい。汗ばむほどだ。着ていたジャケットを脱ぎ、歩いていく。清澄公園を訪ねた。公園の隣は清澄庭園だ。公園は銀杏の落ち葉で地面がすっかり黄色に染まっていた。昨秋訪ねた神宮外苑の銀杏並木を思い出した。若いカップルが二組、落ち葉を踏みしめゆっくりと歩いていく。その脇で、幼女が、銀杏の落ち葉を懸命に捏ねお団子を作っていた。捏ねる姿が可愛い。

清澄庭園に入るのは初めてである。コロナ禍で事前予約を勧められていたが、当日券で入園することができた。土曜日のせいか、園内は賑わっていた。都立の庭園だ。池の周囲に築山や名石を配置した回遊式林泉庭園で、元は、元禄期の豪商紀伊國屋文左衛門の屋敷だったという。それを三菱財閥創始者の岩崎弥太郎が買い取り、現在の庭園に着手した。池を巡るようにゆっくり歩いてみた。池のほとりに、山茶花や石蕗、水仙も咲いている。もみじが赤く色づき、銀杏の黄色い落ち葉が池の面にたくさん浮かんでいた。初冬というより、まだ晩秋の風情が漂っている。池の奥のほうに涼亭と呼ばれる和風家屋が見える。歩いているうち次第に気持ちが落ち着いてきた。

池の脇にあるベンチに腰掛け、しばらくぼやっと池を眺めていた。穏やかな好日。すっかり満ち足りてしまい、今日はここで散策を終えてもいいかなどとも思ったが、まあそう

清澄庭園

いうわけにもいかない。未練を残しつつ庭園を後にした。

清澄通りを門前仲町方面に向かって歩いていく。仙台堀川を渡りすぐのところに、「小津安二郎誕生の地」と書かれた掲示板があった。小津の写真とともに、映画監督としての偉業が細かに紹介されていた。彼は、当時の、東京市深川区亀住町で、五人兄妹の次男として生まれている。

江東区の生んだ世界的映画監督小津安二郎は、明治三十六（一九〇三）年十二月十二日、この地に生をうけました。生家は「湯浅屋（ゆあさや）」という屋号の肥料問屋でした。安二郎が十歳のとき、三重県松阪町に転居、中学校卒業後、尋常小学校の代用教員を一年間勤めた後、大正十二（一九二三）年再び上京、深川和倉町に住み、松竹蒲田撮影所に撮影助手として入社しました。

昭和二（一九二七）年監督に昇進、処女作時代劇「懺悔の刃」を監督しました。

その後の小津安二郎監督作品は、「出来ごころ」に代表されるような、下町特有の情緒や人情味が描かれ、またローアングルによる撮影スタイルなどによって、家族の触れ合いや日常生活を端的に描く独特の作風を作り上げていきました。

小津安二郎は、敬愛する映画監督である。戦後の作品はほぼ全部観た。自分の美学にはとことん頑固な人だった。「自分は豆腐屋だから豆腐しか作らない」という言葉は有名である。小津作品というと、女優原節子を思い出す。『晩秋』『麦秋』『東京物語』での原は、本当に美しく撮られていた。小津と原には恋の噂も立ったそうだが、結局、二人とも生涯独身を通している。小津は六十歳の自分の誕生日に他界している。亡くなり方まで端正だ。

深川、そしてこれから訪ねる木場も、川や掘割が多い。現在は埋め立てられたり暗渠になってしまったりしたところも多いが、歩いていると、よく川を見かける。橋を渡る。葛西橋通りとの交差点を過ぎると、首都高速道路を潜る。高速道路の下には、かつて油堀川が流れていた。富岡橋跡という碑が建っている。先ほど歩いた箱崎川跡と同じで、埋め立てられた川の上は細長い公園になっていた。このあたりで首都高速道路を見つけたら、その下はたいがい、川か、埋め立てられた川の跡か、いずれかである。高速道路を過ぎると、再びあたりは賑やかになってくる。門前仲町だ。

深川不動尊の入り口門には、大きく「成田山」と表示されている。門の右側には「深川不動堂」、左側に「東京別院」の表示。ここは、千葉県成田市にある大本山成田山新勝寺の東京別院。古くから「深川のお不動様」として親しまれてきた。門を入ると、人情深川ご利益通り。深川不動尊まで、食事処や土産物屋がたくさん連なっている。

その中に、折原商店というお店があった。酒屋さんのようだ。角打ち飲みのできるお店ですね。懐かしい。角打ちとは、お酒が飲めるスペースのある酒屋さんでの飲酒のこと。まあ、立ち飲みである。昔は、町中でそういう酒屋さんをよく見かけたが、最近は少なくなった。私が子供だった頃、お使いで近所の酒屋さんに行くと、その傍らにカウンターがあって、大人たちがお店で買った缶詰や乾き物を肴に美味しそうにビールや日本酒を飲んでいた光景がよみがえってくる。川崎の工場地帯に近い下町に住んでいたので、工場帰りの工員さんや近所の大人たちだったのだろう。気持ちがぐっと魅かれたが、今日は寄る時間がない。残念だが、お店の前を過ぎ、不動尊に参拝をする。

一九七〇年代の中頃だったたか、『前略おふくろ様』（倉本聰・脚本）というテレビドラマがあった。私と同世代か、上の世代なら憶えている方々も多いだろう。深川の木場にあった料亭で働く青年を主人公にした人情劇だった。萩原健一、坂口良子、桃井かおり、梅宮辰夫、田中絹代らが演じた。深川というと、今でもあのドラマを思い出す。当時、私は中学生で、サブ（萩原）とかすみ（坂口）の恋の行方にどきどきしたものだ。お二人とも、鬼籍に入られてしまった。

すぐ隣にある富岡八幡宮にも参拝する。境内の入り口のところで、地元の観光協会の方たちから「江東区観光イラストマップ」「深川めし食べ歩きマップ」を頂く。深川めしか。また気持ちがぐっと魅かれたのだが、時間がない。…悔しい。次回以降の散策は食べ歩きの時間も含めて予定を立てよう。境内では何組か七五三の親子連れを見かけた。水天宮でもそうだったが、今日はそういった親子連れを頻繁に見かける。着飾った少年少女たちの着物姿を眺めつつ、門前仲町駅へと向かった。

東京メトロ東西線で、一駅移動する。木場駅で下車。大横川にかかる新田橋を渡る。赤い小さな橋である。船宿吉野家の建物を過ぎ左折すると、洲崎神社の鳥居が見えてくる。以前から気になっていた神社だった。

芝木好子の小説『洲崎パラダイス』（集英社文庫）に、たびたびこの神社が登場する。神社からほど近いところに、かつて洲崎特飲街があった。赤線である。元は遊郭街だったが、戦後寂れてしまい、場末の男たちの遊び場となった。小説は、この特飲街の入り口近くにある「千草」という飲み屋の女将を狂言回しに、さまざま娼婦たちを描いた連作の短編集だ。芝木は、美術や工芸の世界に生きる女性たちの物語を得意としている。この小説は、彼女にとって異色作だろう。「洲崎の女」という短編の中に、こんな一節がある。本作に限らず、芝木が描く東京の街風景には、臨場感と郷愁感がある。

隅田川が佃島のわきをぬって、海に流れていくあたりの干潟が埋立地になったのは、いつのことだろう。この一帯の街筋には工場街もあれば木場もあって、昔はかなり繁栄した下町だったが、戦災で壊滅したまま忘れられたのか今は場末の町をゆくようなさびれかたである。木場があるせいか町はどこも川がめぐっていて、運河には通路のための細い橋が渡されている。

この小説は、一九五六（昭和三十一）年に川島雄三監督により映画化されている（映画の題名は『洲崎パラダイス赤信号』）。新珠三千代、三橋達也らが演じた。

洲崎神社は、ちょうど木場駅に向かう通り道になっているらしく、さまざま人たちが神社の社殿前を通り抜けていく。その誰もが、神社の前でふと立ち止まり、一礼していく。年配の女性、中年男性、母子連れ、今風に着飾った若い女性も。つられて、私も一礼してしまった。

神社から六、七分東陽町方面に歩いたところに、特飲街の入り口だった洲崎橋跡地があった。橋跡地の手前に古い飲み屋が軒を連ねている。この一角だけ、まるで映画の一場面のようである。運河に架かる洲崎橋を渡ると、当時の特飲街。運河はもうない。橋も欄干の跡が残っているばかりだ。橋跡の先に広い道路が一直線に続く。大門通りと呼ばれている。遊郭時代の名残だろう。

小説では、特飲街が始まる夕刻時、女たちはこぞって今夜の商売繁盛を願い洲崎神社に参拝にいくという場面がある。そういえば荒木経惟の写真集『純情写真小説集』（ミリオン出版）の中に、先ほど渡った新田橋に佇む水商売風の女性を艶めかしく撮った写真がある。荒木は戦前の東京下町の出身（台東区三ノ輪）。洲崎の色町を意識したのかもしれない。

さらに、東西線で二駅移動する。南砂町駅で下車。今日の最終目的地である富賀岡八幡宮に向かう。ここも気になっていた神社である。

永井荷風の随筆「元八まん」に登場する。荷風は、あてどない散策の末、偶然、この神社にたどり着く。

わたくしが砂町の南端に残っている元八幡宮の古祠を枯蘆のなかにたずね当てたのは全く偶然であった。始めからこれを尋ねようと思立って杖を曳いたのではない。漫歩の途次、思いがけなくその処に行き当たったので、不意のよろこびと、突然の印象と思立って尋ねたよりも遥に深刻であった。しかもそれは冬の日の暮れかかった時で、目に入るものは蒼茫たる暮烟につつまれて判然としていなかったのも、印象の深かった所以であろう。

この日、荷風は、先ほど私が散策した木場からここまで歩いている。けっこうな距離だ。季節も、ちょうど今頃。随筆を読むと、昭和初期、このあたりは寂寞とした新開地であったらしい。富賀岡八幡宮は、深川の富岡八幡宮の元宮にあたる。元八幡宮とも呼ばれていた。

南砂町駅前にある南砂三丁目公園を抜けると、元八幡通りが荒川のほうに向かって続いている。六、七分歩いて通りを右折したところに、八幡宮があった。鳥居の手前に「元八幡旧跡」と彫られた碑が建っている。現在、あたりはごく普通の住宅街だ。社殿のすぐ横に大きな神輿が飾られている。祭礼は、きっと賑やかなことだろう。ここはもう江東区の外れに近い。荷風の散策範囲の広さに、あらためて舌を巻く。

そのまま荒川まで出てみた。左に葛西橋、右には東京メトロ東西線の鉄橋が見える。東西線は南砂町駅を過ぎるとすぐ地上に出、荒川を渡る。川幅はかなり広い。荒川の下流は元々隅田川の水害を防ぐために造られた人工の川だ。荒川放水路と呼ばれていた。歳月を経て、現在は自然の川とほとんど変わらない。ゆったりした水を湛え流れていく。

土手から、川岸まで下りてみる。東西線の鉄橋を潜りそのまま河口に向かって歩いた。行く手にJR京葉線の鉄橋が遠望できる。この鉄橋を過ぎると、もう東京湾だ。午後四時をまわっている。今日は快晴だった。空は、青から、やがて少しずつ橙に色を移し、その色を次第に紅く染めていく。どこからか、サクソフォンの音色が聴こえてくる。振り返ると、河川敷の傍らで吹いている人の姿が見えた。女性のようだ。何という曲だろう。聴いたことがあるような、ないような、でも柔らかなメロディーである。

音色を背に、暮色の川をしばらくの間眺める。風が冷たくなってきた。川と空の色が、ひとつに溶け合い滲んでいくようだった。

浅草七福神を歩く

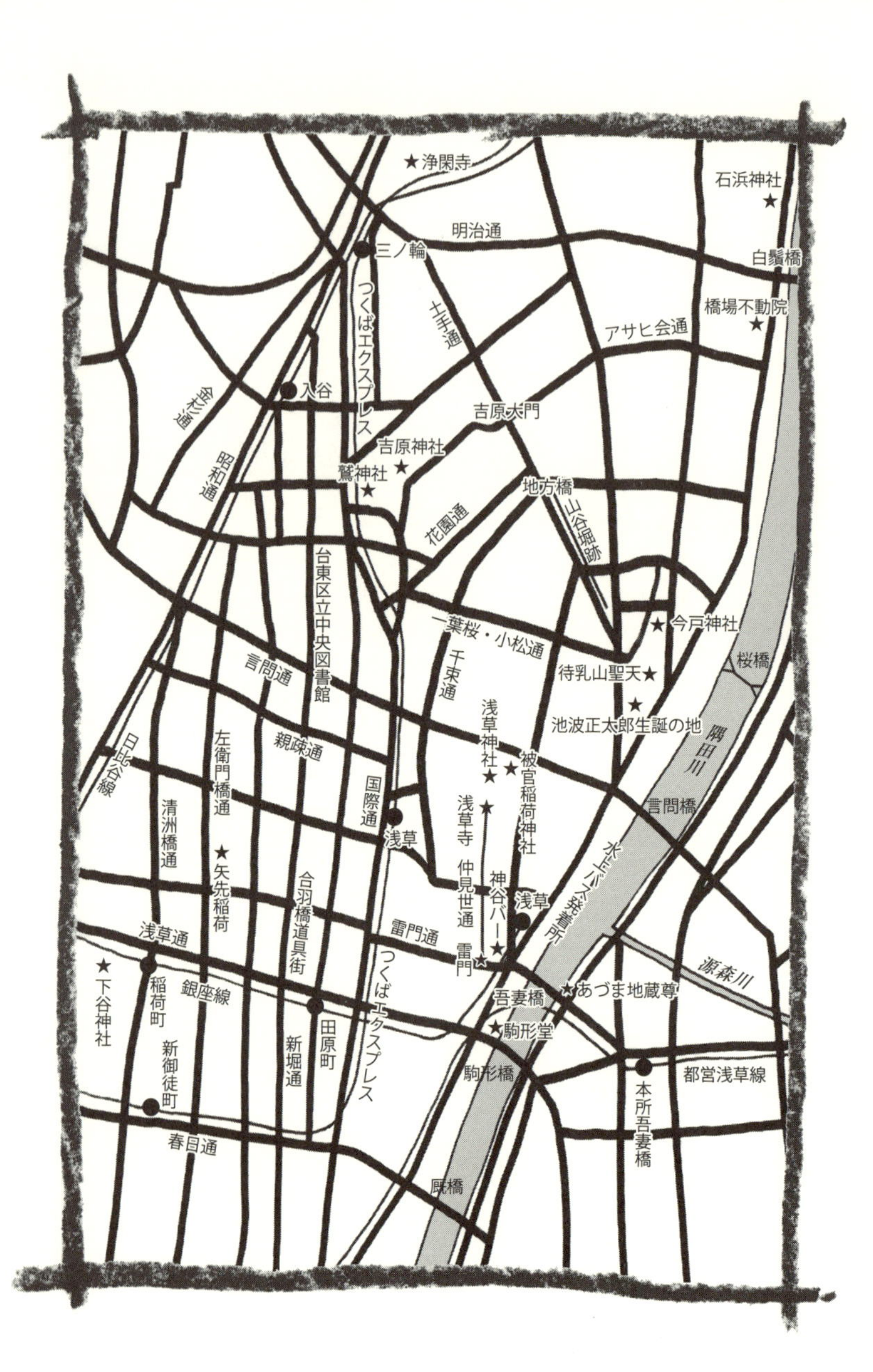

★浄閑寺
石浜神社
明治通
三ノ輪
白鬚橋
橋場不動院
土手通
アサヒ会通
つくばエクスプレス
入谷
金杉通
吉原大門
吉原神社
鷲神社
昭和通
地方橋
山谷堀跡
花園通
台東区立中央図書館
一葉桜・小松通
今戸神社
桜橋
千束通
待乳山聖天
言問通
池波正太郎生誕の地
浅草神社
被官稲荷神社
隅田川
日比谷線
親疎通
左衛門橋通
国際通
言問橋
清洲橋通
浅草寺
浅草
水上バス発着所
矢先稲荷
合羽橋道具街
仲見世通
神谷バー
浅草
浅草通
雷門通
雷門
源森川
下谷神社
稲荷町
銀座線
吾妻橋
あづま地蔵尊
駒形堂
田原町
新堀通
新御徒町
駒形橋
都営浅草線
本所吾妻橋
春日通
厩橋

新しい年が明けた。コロナによる感染者数は落ち着いていたが、オミクロン株がじわじわと増えてきている。第六波にならないことを願うばかりである。年末から寒波が続いている。東京も、例年より寒さは厳しい。

一月二日、東京メトロ銀座線の稲荷町駅で下車する。薄曇り。風が冷たい。午前九時半を少し過ぎていた。稲荷町駅から浅草通りを上野方面に戻ったところに、大きな赤い鳥居が見える。下谷神社だ。まだ朝が早いのか、参拝客もちらほらといった感じである。

境内の手水舎に、冬牡丹などの花が飾られている。花手水ですね。最近あちこちの寺社で見かけるようになった。花手水とは、元々、水の代わりに花や草木の露をつかって身を清める作法のこと。最近は解釈が変わってきて、手水舎にある水盤や鉢に花を浮かべることを意味するようになった。とくにコロナ禍になって以降、衛生面に配慮し、手水舎の水の使用を控える寺社が増えた。せめて、参拝客に楽しんでもらおうと、全国の寺社にその風習が広がっていったそうだ。

下谷神社を訪ねるのは、久し振りだ。ここ二年ばかりコロナ禍で中止になっているが、毎年五月に行われる祭礼は賑やかである。たくさんの神輿が上野界隈を練り歩く。神輿は上野ガード下の飲み屋街にも繰り出し、酔客を楽しませている。今年こそ、あの神輿を見たいものだ。

銀座線で一駅移動する。田原町駅で下車。そのまま浅草通りを隅田川方面に向かった。六、七分歩くと、隅田川に架かる駒形橋に出る。空を覆っていた雲が切れ、陽が差してきた。寒さも幾分和らいできたようだ。駒形橋のすぐ手前に、駒形堂という小さなお堂がある。かつて、浅草寺参拝の起点となった場所であるという。現在の雷門のような感じの場所だったのだろうか。

芝木好子の長編小説『隅田川暮色』（文藝春秋）の主人公、冴子の生家が、駒形堂のすぐ近くにあったという設定になっている。この小説は、戦前から戦後の浅草の風物が、ノスタルジックに、苦く、描かれている。芝木の代表作だと私は思っている。彼女は、一九一四（大正三）年生まれ。七歳から二十歳までを浅草で過ごしている。東京下町への哀惜を託した小説を多く遺した。とくに『隅田川暮色』は芝木の半自伝的な物語といってよい。芝木自身、駒形橋の近くで少女時代を過ごしている。

駒形橋の袂から、川岸に下りてみた。現在、川岸は親水テラスになっている。テラスの手すりに凭れていると、下流方向より水上バスが近づいてきた。乗船客はいない。吾妻橋の少し先が水上バスの発着所になっているので、これからお客を乗せるのだろう。水上バスを追うように吾妻橋に向かってテラスの道をゆっくり歩いていく。『隅田川暮色』は、冴子が久し振りに生まれ故郷である浅草を訪ねるところから物語が始まる。

地下鉄の長い通路を抜けて雷門口の階段を上がると、地上はまぶしいほど明るい。夏の日の午下りの大地はぎらぎらして、目の前の大通りの商店がかげろうの中でゆれて見える。人影が絶えて、物音もしない。冴子は立ち止まって目を凝した。戦災で焼けて瓦礫の町になってしまった浅草へ、彼女はほとんど来ていない。空襲で自分の家も、格調のある旧い町も失ってしまったので、かげろうの中の町がよそよそしく、安直に見える。それでも月日がたてばそれなりの歴史となってかげろうの中でゆれている。彼女は大正末年の生まれで、その時三十五歳であったから、昭和三十五年の夏である。

私は一九六〇（昭和三十五）年の七月に生まれた。ちょうど冴子が浅草の町を再訪した時分と重なる。この作品に思い入れが深いのは、もしかしたら、この書き出しのせいであるかもしれない。

吾妻橋を渡ると、墨田区吾妻橋一丁目。渡ってすぐのところに「あづま地蔵尊」という小さな碑が建っている。関東大震災、東京大空襲で亡くなった方たちの卒塔婆が碑とともに立てかけてある。供養塔は、昨年末歩いた深川でも見かけたし、その前に歩いた向島でも見かけた。東京の下町は、慰霊の町だ。

再び浅草側に戻り、神谷バーへ向かう。午前十一時の開店にはまだ少し間があったが、もうたくさんの方たちが並んでいる。神谷バーは毎年一月二日から営業を始める。昨年はコロナ禍で遠慮したが、毎年、初飲みはこのお店である。開店とともにあらかた席が埋まってしまった。とはいえ、ソーシャルディスタンス。大きなテーブル席は衝立で仕切られ、相席は基本禁止。ちょっと味気ない。でも、まあ仕方がない。黒ビールの小瓶をチェイサーにして、電気ブランを二杯頂く。おつまみは、カニコロッケ。電気ブランは神谷バーの名物カクテルである。飲みやすいが、アルコール度数はけっこう高い。

衝立を挟んですぐ隣の席で、年配のご隠居風の男性がひとりで美味しそうに生ビールを飲んでいた。常連さんのようだ。店員の若い男性とにこやかに話をされている。少し離れ

浅草寺宝蔵門

た席でも、年配の男性がひとりで美味しそうに電気ブランを飲んでいる。ここはお客の年齢層が高いので飲んでいて気持ちが落ち着く。ほどほどに酔った後、店員さんに挨拶をしてお店を失礼した。

今日は、これから寄り道をしつつ浅草七福神を歩く。ここの七福神は九社寺ある。「九は数のきわみ、一は変じて七、七変じて九と為す。九は鳩でありあつまる意味をもち、また、天地の至数、易では陽を表す」という古事に由来したのだとか。…何だか、よく解らない。

雷門の前から、すでに参拝客が並んでいる。観光用の人力車がお客を乗せすぐ後ろを走っていく。着物姿の女性を多く見かけた。草履ではなく、ブーツを履いている方もいる。外国の女性の着物姿もちらほら見かける。宝蔵門を過ぎ本堂にたどり着いた頃、雲が切れ快晴となった。人出がすごい。密だなと心配しつつも、ゆっくり参拝する。浅草寺は七福神の大黒天にあたる。

続いて、浅草神社。浅草寺のすぐ隣にある。恵比寿神である。比較的ゆったりとしていた。ここの手水舎も花手水だ。下谷神社と同じ冬牡丹が飾られている。あまり知られていないが、浅草神社のすぐ裏手に、被官稲荷神社という小さなお稲荷さまがある。蔵前在住の友人ご夫妻に教えてもらった。お二人とは、時々神谷バーでお酒をご一緒する。社殿は、関東大震災にも東京大空襲にも焼け残った貴重な建築物だそうだ。境内の片隅に、可愛い狐の置物がたくさん置かれていた。二つの神社に参拝し、言問通りに出る。

再び隅田川のほとりまで歩き、言問橋から隅田川の下流方面を眺めた。橋のすぐ先に東京スカイツリーが見える。

『隅田川暮色』は、主人公である冴子が、連れ合い（籍は入っていないが）の実家である老舗組紐問屋の組紐作りを通し「美」に目覚めていく姿を、彼女の過去を絡めつつ抒情的に描いていく。とりわけ、冴子が子供時代を過ごした戦前の旧い浅草風景に惹き込まれた。東京大空襲の生々しい描写は芝木自身の実体験とも重なるのだろう。隅田川の水が火で燃えたという場面がある。川水が周囲の火焔に迫られ白熱化したために火を発したという。今日の隅田川は、穏やかだ。川が燃えるというのは私には想像もつかない。

言問橋からすぐのところに、待乳山聖天がある。毘沙門天である。小高い山の上に社殿がある。参拝し、社殿の横から隅田川方面を眺めた。昔はこの山から隅田川が見えたそうだ。社務所の近くで、地元の方たちが参拝者に「お下がり大根」を無料で配布されていた。大根は、待乳山聖天には欠かせないお供え物である。立派な大根に気持ちがそそられる。

「すみません、これから他の七福神をまわりますので」

「そうなんですか、七日まで配っていますので、また、よろしければ」

熟年の女性だったが、穏やかに微笑んでくれた。

待乳山聖天を出た脇のところに、「池波正太郎生誕の地」と書かれた案内板があった。それによると、池波は、旧東京市浅草区聖天町六十一番地（現台東区浅草七丁目三番付近）に生まれたとある。池波は一九二三（大正十二）年生まれ。関東大震災は、この年の九月に起こっている。私はエッセイストとしての池波が好きだ。彼は、小説とともにたくさんの洒脱なエッセイを遺している。『東京の情景』（朝日文庫）というエッセイ集に、待乳山のことを書いた文章がある。

むかしは、葛飾野から国府台の翠巒まで、一望におさめられた…、といわれている。

その風色も、私の生まれたころには、まだ色濃く残っていたにちがいない。晴れた日に聖天さまへ登ると筑波山も、はっきり見えたよ、と、私の老母はいう。

案内板のすぐそばに、観光用の人力車が二台止まっていた。お正月のせいか、今日はあちこちで人力車に出くわす。人力車夫がお客に「ここは東京でいちばん小さな山です」と説明している。山というよりは、丘のようだ。

待乳山のすぐ下を、かつて山谷堀が流れていた。現在は埋め立てられ遊歩道と公園になっている。春は桜の名所となる。堀はなくなったが、堤防の跡と堀に架かっていた橋の親柱はまだ残っている。

ここで、七福神から少し外れ、山谷堀の跡をたどってみることにした。江戸の昔、堀は吉原遊郭まで通じていて、客はちょき舟に乗り堀を遡って遊郭に入っていった。いわば水酔いの状態で、遊郭、非現実の世界に入っていったのだろう。遊女もまた夢の存在かもしれない。隅田川から分岐して、まず今戸橋。当時の親柱がそのまま残っている。そして聖天橋、吉野橋。この二つの橋も当時の親柱だ。さらに、山谷堀橋、紙洗橋、地方新橋、地方橋。堀跡の遊歩道は地方橋のところまでである。ここから十分弱歩くと吉原大門の交差点に出るが、ここで引き返すことにする。このあたりを舞台に詩を書いたことがある。

スカイツリーは
界隈のどこからでも見える
もうすぐ立春だというのに
寒風は時間軸を抉る
闇の底で激しい渦を巻く

遊歩道が尽きると
代り映えのしない町並みだ

作家もかつてこの堤防に沿って歩いた
橋を渡ったことだろう
当時の彼の歳を
私は、もう追い越してしまったのだ

作家は、永井荷風。『濹東綺譚』は、主人公の老作家が夜の山谷堀に沿って吉原方面に歩いていく場面から物語が始まる。途中、馴染みの古本屋に立ち寄る。為永春江の雑誌を手に取り、この時代の雑誌を読むと命が延びるようだ、などと呟いている。当時の山谷堀周辺は寂しい場所だった。荷風も堀に沿ってよく歩いていた。彼の初期の代表作である『すみだ川』の舞台もこの周辺だった。

再び、今戸橋跡まで戻り、少し歩くと、今戸神社。福禄寿である。鳥居の手前で、着物姿の若いカップルがスマートフォンで写真を撮り合っていた。女性のほうの着物姿が柔らかな感じだ。ここは縁結びの神様。さすがにカップルが多い。社殿の中には、大きなつがいの招き猫が二匹飾られている。今戸焼の猫である。この神社は、招き猫発祥の地。社殿の他にも、境内のあちこちに招き猫の人形や石像が置かれている。商売繁盛、福を招く、有難い猫さんだ。

次は、橋場不動尊、なのだが、道に迷ってしまった。以前一度訪ねたことがあったにもかかわらず、記憶が曖昧になっている。通り過ぎてしまったようで慌てて引き返した。以前は住宅の間に路地のような細い参道があって、本堂も隠れ家みたいな雰囲気だったのが、参道の左側が大きな駐車場に変わっていた。それで気づかず通り過ぎてしまったらしい。布袋尊である。石門の右側に「砂尾山」、左側に「不動院」と刻まれている。正式名称は、砂尾山橋場寺不動院。比叡山延暦寺の末寺になっているそうだ。白鬚橋のほうから、

吉原神社・弁財天

八十代と思しき小柄な女性がゆっくり歩いて来て、石門の前で、手を合わせ、過ぎていった。昭和の小景に出くわしたような、不思議な余韻が残った。

道路を挟んだ向かいは、隅田川。広津柳浪の小説『今戸心中』の花魁、吉里の姿を思い描いてみる。彼女が情人とともに隅田川へ身を投げたのが、ちょうどこの橋場のあたり。年の瀬だった。遺体は見つからず、翌年の一月末に永代橋の近くで発見される。小説では、亡骸は箕輪の無縁寺に葬られたと書かれている。三ノ輪にある浄閑寺である。このお寺は、吉原遊郭の遊女の投げ込み寺として知られている。境内に建てられている新吉原総霊塔の壁面には「生れては苦界、死しては浄閑寺」という花又花酔の川柳が記されている。四月三十日の永井荷風忌は、毎年、浄閑寺で行われている。荷風は、吉原の亡き遊女たちを偲び、浄閑寺を度々訪れていた。

白鬚橋は、鉄骨造りの優雅な橋である。橋の上から再び隅田川の下流側を眺める。桜橋が遠望できる。隅田川も、白鬚橋より上流は観光色が次第になくなり荒涼とした感じになってくる。

この橋のすぐ近くに石浜神社がある。寿老神。橋の反対側には、東京ガスの千住充塡所の大きなタンクが聳えている。ゆったりとした境内の神社だ。時計を見ると、午後三時を少し過ぎている。参拝をして後、境内にある茶店で休憩をとった。神谷バーでのお酒もだいぶ抜けてきた。茶店で熱い甘酒を頂く。

再び、橋場の路地を抜け、清川、東浅草、と歩いていく。途中、アサヒ会通りという昔ながらの商店街があった。商店街から少し奥に入ると、下町っぽい路地がそこかしこにある。高い建物が少なく、歩いていて気持ちが和む。鉢植えを置いている家が多い。椿、ゼラニウム、オオキバナカタバミだろうか。その先では、親子連れがボール遊びをしている。少女の取りそこなったボールがバウンドしながらこちらに近づいてきた。

商店街が尽き、しばらく歩くと、行く手に交差点と一本の柳の木が見えてくる。吉原大門の交差点だ。柳は、見返り柳。遊郭の遊び帰りの客が、後ろ髪を引かれる思いを抱きつつこの柳のあたりで遊郭を振り返ったということから「見返り柳」という名がついた、と柳の横にある案内板に書かれている。まあ、夢から現実に戻るわけだから、後ろ髪も引かれるのだろう。この交差点を左折すると、先ほど歩いた山谷堀跡の遊歩道に続く。右折すると、浄閑寺のある三ノ輪だ。交差点を渡ってすぐ、道が左右に微妙にカーブしている。この道が遊郭への入り口だった。現在、吉原という地名はない。台東区千束となっている。

女優でエッセイストだった沢村貞子は、一九〇八（明治四十一）年に千束で生まれ育っている。第二十五回日本エッセイストクラブ賞を受賞した『私の浅草』（新潮文庫）は、戦前の浅草の光景が小気味よい文体で細やかに描写されている。池波正太郎もそうだが、エッセイは、若い人より、ある程度歳を取った人の文章のほうが面白い。人間力が表れるからだ。お二人とも、ものの考え方が大人なのだ。やはり浅草出身の脚本家で作家の山田太一が、沢村のことをこう評している。山田もまた名エッセイストである。

沢村さんは引退して、目を疑うくらい綺麗になった。私もお目にかかって、本当に「美しく老いる人」のいることに、幾分奇跡を見るような思いをした。

前述した小説『今戸心中』は、吉原遊郭が舞台となっている。花魁吉里の物語だ。情人平田との別れの後、それまで疎ましく思っていた善吉の優しさに初めて気づくが、物語の終盤は、痛ましい心中で幕を閉じる。樋口一葉の『たけくらべ』は、少年少女の目を通して吉原界隈が描かれる。どちらも、明治三十年前後に発表されている。今日は休館しているが、千束には樋口一葉記念館がある。時はぐっと流れて、令和時代、人気アニメ『鬼滅の刃・遊郭編』の舞台として再び吉原遊郭が脚光を浴びているそうだ。当の吉原は、現在ソープランド街である。

そのソープランド街を抜けたあたりに、吉原神社がある。弁財天だ。斜め向かいに吉原弁財天も建っている。遊女とは縁の深い神社だろう。吉原弁財天には、関東大震災で犠牲になった遊女たちの供養のための観音像がある。震災時には、多くの遊女がこの場所にあった池に逃れ、五百人近い人たちが溺死したという。観音像に一礼し、手を合わせた。

国際通りに出、南千住方面に少し歩くと、鷲(おおとり)神社。寿老人である。入り口には「酉乃市起源發祥の神社」と表記されている。酉の市は、今年一年の無事の報告と翌年の幸福を祈願するお祭りである。酉の市で多くの人が熊手を購入するシーンをテレビでご覧になった方も多いと思う。境内はけっこう混んでいた。参拝を終え境内を出ると、もう午後四時半を過ぎている。日が暮れかかってきた。

今日の七福神めぐりの最終地である矢先稲荷神社へ向かう。福禄寿である。合羽橋道具街から少しだけ奥に入ったところにある。合羽橋道具街は面白い通りだ。調理器具や食器など飲食業向けの問屋街として発展してきた商店街である。日常使用の食器や便利な調理器具が安く買えるだけでなく、ラーメン屋で見るような巨大な寸胴鍋、飲食店でおなじみの食品サンプル、テイクアウト用の容器まで、何でも揃っている。居酒屋で見かける赤提灯なども売っている。道具街の中に台東区立中央図書館があって、その片隅には池波正太郎記念文庫コーナーが入っている。池波の年譜や、著書の紹介、彼の書斎も当時のまま再現されている。あいにく図書館はお正月のため休館、道具街のお店もほとんど閉まっていた。矢先稲荷神社に参拝をする。境内には石油ストーブが置かれていた。夕方になって、ぐっと冷え込んできた。

道具街を抜けると、浅草通り。銀座線の田原町駅はすぐである。今朝の出発地に再び戻ってきた格好だ。浅草、奥浅草をぐるりと一周したようなコースだった。

少し温まりたい。銀座線で上野駅まで移動。本当は、小説『隅田川暮色』に登場する組紐問屋のモデルとなった上野仲町通りの「組紐・道明」も覗きたかったが、次回にする。ガード下に近い立ち飲み処「たきおか」に寄った。満杯だ。少し待って、壁側のカウンターに潜り込んだ。離れた場所から店員さんが私に向かって叫んでいる。

「飲み物は？」

私も叫ぶ。

「焼酎のお湯割り」

「麦？　芋？」

「麦で。それと煮込みを」

はいよ、っという感じで彼が厨房に入っていく。懐かしい。少し前までこれが普通だったのだが。「たきおか」も久し振りだ。温かい焼酎を頂き、ようやく七福神めぐりの終了を実感した。酔いどれ散策でありました。

日暮らしの里

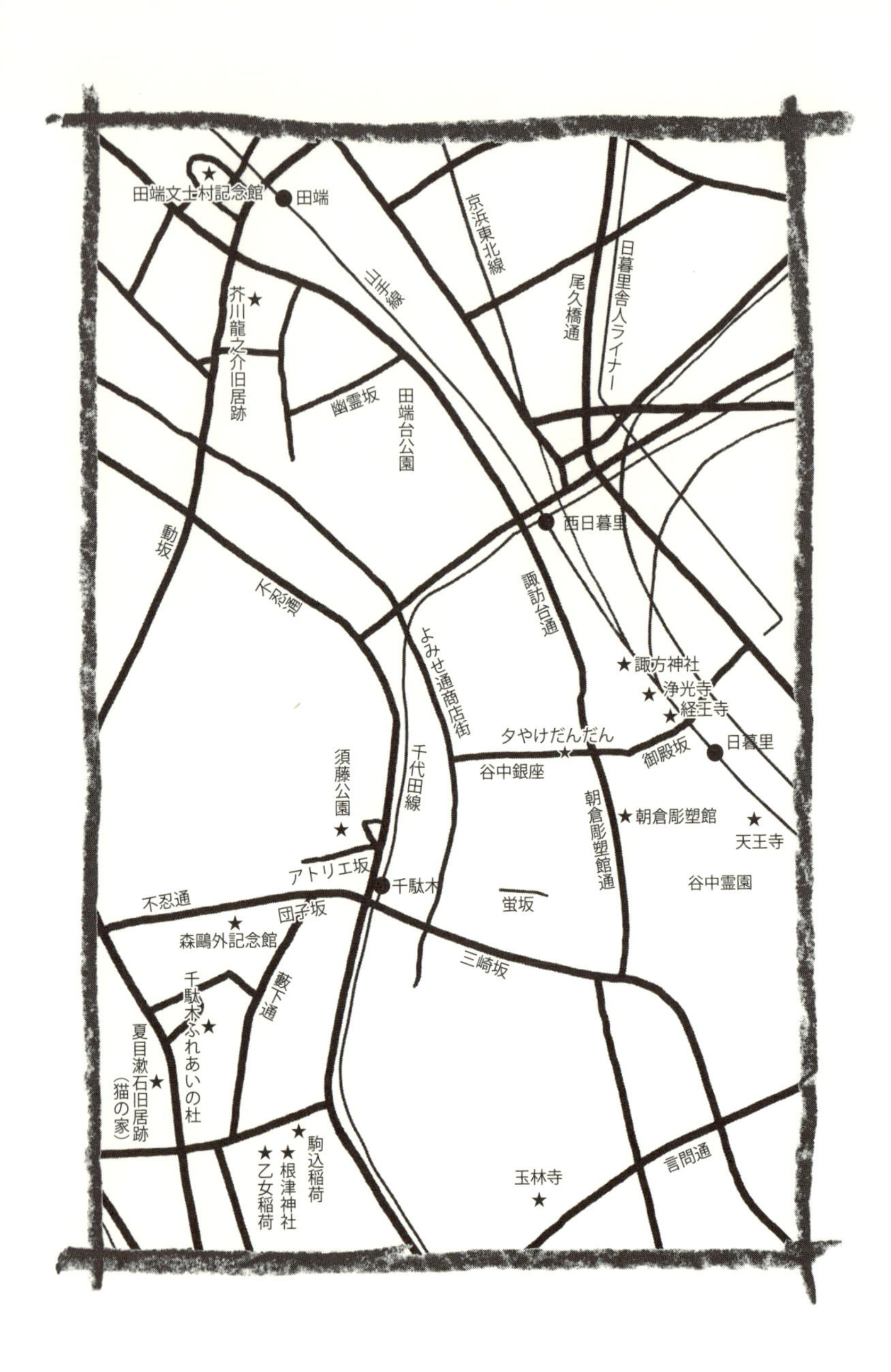
田端文士村記念館
田端
京浜東北線
日暮里舎人ライナー
尾久橋通
山手線
芥川龍之介旧居跡
幽霊坂
田端台公園
西日暮里
動坂
不忍通
諏訪台通
よみせ通商店街
諏方神社
浄光寺
経王寺
夕やけだんだん
御殿坂
日暮里
谷中銀座
千代田線
須藤公園
朝倉彫塑館通
朝倉彫塑館
天王寺
アトリエ坂
千駄木
谷中霊園
不忍通
団子坂
蛍坂
森鷗外記念館
三崎坂
千駄木ふれあいの杜
藪下通
夏目漱石旧居跡
(猫の家)
駒込稲荷
根津神社
乙女稲荷
言問通
玉林寺

立春を過ぎたが、寒い日が続く。各地で大雪に見舞われている。先月は東京でも四年振りに大雪が降った。春は、まだしばらく先になりそうだ。

二月に入り最初の日曜日、JR田端駅で下車した。快晴だが、風が冷たい。駅の北口から歩いてすぐのところに田端文士村記念館がある。記念館を訪ねるのは久し振りだ。同じJR京浜東北線内にある大森馬込界隈とともに文士や文化人が多く住んだ町として知られている。芥川龍之介、萩原朔太郎、室生犀星、菊池寛、野口雨情、佐多稲子、他、錚々たる顔ぶれである。

今年は、芥川龍之介生誕百三十年、室生犀星没後六十年にあたる。館内では記念展が催されていた。二人はほぼ同世代（室生犀星のほうが芥川より三つ歳上になる）。芥川は一九一四（大正三）年、室生は一九一六（大正五）年に、それぞれ田端に転居している。同じ田端の住人であった萩原朔太郎は、二人の友情を、性格等が正反対でありながらも互いを認め合った

「君子の交わり」と評していた。近藤富枝も著書『田端文士村』（中公文庫）の中で、芥川こそ室生犀星の最大の敵でありまた最大の恩人だったのではないか、と書いている。会場では、室生犀星の詩集『抒情小曲集』の朗読を収めたビデオが放映されていた。室生の肉声を聴くのは初めてだ。素朴な声である。

記念館を出て後、芥川の旧居跡を訪ねてみた。田端駅北口横にある石段で高台に上がる。少し奥に入ったところに、旧居跡の表示板があった。この場所のすぐ近くに空き地があって、「芥川龍之介記念館建設予定地」と書かれていた。彼の作品では「地獄変」が最も好きだ。この地で書かれたことを思うと感慨深い。

そのまま、高台をＪＲの線路際近くまで歩く。崖下に田端駅の南口がちょこんと見える。北口はアトレの入ったきれいな建物になったが、南口は昔のままだ。これが都心の駅舎かと驚くほど、小さく、国鉄時代の名残をとどめている。駅舎に下りていく石段に不動坂と記されていた。高台からは、ＪＲの京浜東北線、山手線、宇都宮線、高崎線の線路、そして新幹線の高架線路が見下ろせる。この光景を見るたび、森まゆみの自伝的エッセイ集『抱きしめる、東京』（講談社文庫）の冒頭部分を思い出す。

田端の山の上から汽車の煙が見えた。日曜の朝になると父を起こしてせがむ。（略）

そうして歩いて、どこをどう通ったのか、坂道を上がり空き地と藪をすぎると、急に視界が開け、高台から田端操車場の何十本ものレールが見えた。雪をのせた汽車が、煙を吐きながら上野駅に向かって少しスピードを落とす所、それが田端だった。

森は、文京区の駒込動坂出身。一九五四（昭和二十九）年生まれなので、おそらく昭和三十年代の前半頃の光景だろう。動坂から田端の崖上までは十五分くらいである。当時の田端を私は知らないが、雪をのせた汽車の光景が鮮やかに脳裡に浮かんでくる。上手い描写である。

田端台公園の手前の道を右に曲がると、まもなく下り坂となる。幽霊坂だ。最近、近くに新しいマンションが建ったが、坂道にはまだ雑木林が残り、昼間でも寂しい雰囲気が漂う。与楽寺の古い塀に沿って道はなだらかに下っていく。もしかしたら、森はこの坂を父親と一緒に上がり田端の崖上に出たのではないか。私の勝手な想像ではあるが。

幽霊坂の途中には、詩人の諏訪優が住んでいた。アレン・ギンズバーグの詩の翻訳などで知られるビート派の詩人である。晩年は、『谷中草紙』『田端事情』『太郎湯』など、谷中、田端界隈を舞台にした私小説風な抒情詩集を出している。エッセイ集『東京風人日記』（廣済堂出版）を読むと、諏訪は、当時（一九九〇年前後）、六畳一間の古いアパートに閑居し、世捨て人というか仙人みたいな生活を送っている。諏訪の抒情詩を何篇か思い出してみた。

再び幽霊坂を上がり、崖上に沿って歩く。開成学園の校舎の横を抜けると、道灌山通りに出る。左側はすぐＪＲ西日暮里駅、右側は道灌山下交差点に続く。このあたりの高台は、江戸の昔から道灌山と呼ばれていた。

西日暮里駅横の急な坂道を上がると、すぐ諏方神社に出る。谷中、日暮里の総鎮守だ。地元ではお諏方さまと呼ばれ親しまれている。

社殿に上がる石段のところで、スーツ姿の男性と着物姿の女性を見かける。よく見ると女性は乳児を抱いていた。お宮参りですね。親族らしき方たちが三人の姿を写真に収めている。二人ともまだ若い。二十代だろう。神社に参拝をする。境内のすぐ下に西日暮里駅のホームが見える。この神社のあるあたりは、日暮らしの里と呼ばれていた。日暮里という地名は元々「新堀」からきているそうだ。江戸時代の中頃に「日暮里」と書くようになった。この高台は風光明媚で、日の暮れるのも忘れるほど、ということから、日暮らしの里と呼ばれるようになったという。

諏方神社からＪＲ日暮里駅北口にある御殿坂へと続く高台の道は、諏訪台通り。毎年八月に行われる諏方神社の大祭では、この通りにずらりと屋台が並び、賑やかである。浄光寺、養福寺、啓運寺、経王寺、とお寺が続く。経王寺の山門には銃弾の跡が残っている。幕末の上野戦争での痕跡だ。ここから上野までは、遠くない。諏訪台通りは経王寺のところまで続き、御殿坂と交わる。

少し早いけれども、昼食をとることにした。日暮里駅北口前にある「川むら」。老舗のお蕎麦屋さんだ。席に着き一息つこうとしたら、店員さんから「アルコール消毒をお願いします」。慌てて消毒をする。天ぷら蕎麦を頂いた。席には、紙製のマスクケースが置かれていた。コロナ禍になって三年目を迎える。収束の目処はまだ立っていない。お店はリニューアルされきれいになっていた。

日暮里駅から、紅葉坂の石段を上がると、谷中霊園が広がっている。ここは桜の名所だ。あと二ヶ月もすると沿道は桜のトンネルとなる。霊園の手前にある天王寺に入ってみる。この寺は、本堂も、境内も、ゆったりとした雰囲気で気に入っている。谷中七福神の中の毘沙門天だ。テレビドラマ『寺内貫太郎一家』（向田邦子・脚本）は、谷中霊園に近い石材店を舞台にしたホームコメディーだった。霊園の少し先にある三崎坂（さんさきざか）にモデルとなった石材店があるが、現在はマンションの一階にお店が入っている。『時間ですよ』『だいこんの花』など、当時の向田ドラマは本当に面白かった。

諏訪優に、「今年も谷中に春が来た」（詩集『谷中草紙』・国文社収録）という詩がある。

だから／どうしたというのでもない／けれど／その〝けれど〟を／手帳にはさんで／女は／日暮里から／山手線をひとまわりする／／けっきょくは日暮里でおり／石段をのぼってから／墓地を歩く／桜の下を歩く

当時、この女の真似をして日暮里から山手線をひとまわりしたことがあった。結局は日暮里で下車し、春の谷中霊園を歩いた。この詩集が出てすぐだったから、一九八〇（昭和五十五）年前後だったと記憶している。諏訪の詩を初めて読んだのは、この詩集だった。彼がビート派の詩人であったことを知るのは少し後になってからである。

谷中との出合いは、さらに四年ほど前に遡る。高校生の頃からこのあたりをほっつき歩いていた。当時、川崎下町の鈍臭い高校生だった。学校が終わり、気が向くと、その足で国鉄の川崎駅から京浜東北線に乗り、日暮里駅で下車。三十分か四十分、学生カバンを持ったまま、町の中を歩き、再び川崎へと戻った。日曜日も、時々、谷中や日暮里や千駄木をふらふらしていた。この町を、自分なりに見つけたような気がしていたのだ。

『谷中・根津・千駄木』という地域雑誌を偶然手にしたのは、谷中銀座商店街の中にある

朝倉彫塑館

書店だった。一九八〇年代の前半頃である。現在、地域雑誌は珍しくないが、当時こういう雑誌はほとんどなく新鮮な感じがした。雑誌を手にしつつ、次第にこの町にのめり込んでいくことになる。雑誌発行人のひとりであった森まゆみという作家の『谷中スケッチブック』（エルコ）を購入したのも、同時期だ。諏訪と森の著書が、私の、この界隈への指南書のような形になった。町への興味は募り、一九九七（平成九）年に川崎から千駄木に転居。六年ちょっと千駄木に住み、その後、現在の池之端に落ち着いた。池之端といっても、ほとんど根津寄りである。生活圏は根津になる。

　霊園を抜け、再び御殿坂方面に戻る。久し振りに朝倉彫塑館に入ってみた。彫刻家、朝倉文夫のアトリエ兼住居だ。和洋折衷の建物はこのあたりでも異彩を放っている。アトリエ内には、朝倉の制作した作品が展示されている。彼は猫好きだったようで、猫の作品も多い。それと朝倉邸は中庭がすばらしい。五典の池と呼ばれる大きな池では、幾匹もの鯉がゆったりと泳いでいる。谷中のあたりは高い建物が少ないので、屋上からはぐるりと周囲の町を見渡すことができる。駒込、本郷、上野公園、東京スカイツリーも見える。

森鷗外の小説『青年』の主人公小泉純一が上京し下宿するのが、谷中初音町。ちょうどこのあたりだった。純一は、散策の折、偶然この下宿を見つける。鷗外については、後ほどまた触れたい。

御殿坂を上がり切って、諏訪台通りと朝倉彫塑館のある通りを過ぎると、道は下り坂になる。間もなく二手に分かれ、左は七面坂、右は谷中銀座商店街へ向かう石段となる。石段の上からは商店街のアーチと行き来する人たちが見下ろせる。石段には「夕やけだんだん」という名前がついている。森まゆみの命名だそうだ。この石段は夕暮れ時の眺めが美しい。

地域雑誌『谷中・根津・千駄木』の影響もあり、一九九〇年代頃からこの界隈は谷根千と呼ばれるようになった。寺町で、坂と路地が多く、古い家並みが多い。マスコミなどでは東京の下町とも紹介されているが、ここは正確には下町ではない。雑誌は一九八四年創

谷中銀座商店街

刊、二〇〇九年、九四号をもって終刊した。その後も、森の活躍は周知の通りである。

　コロナ第六波の影響か、日曜日にしてはいつもより人出が少ない。それでも若い人たちを中心に商店街は賑わっている。商店街の中ほどに越後屋本店という古い酒屋がある。ここは店頭で、日本酒、ワイン、ビール、甘酒、などを飲むことができる。いわゆる角打ちのできるお店だ。「雪の茅舎」という秋田の日本酒があったので、一杯、頂くことにした。すぐ隣に八十代と思しき男性がビールを飲みつつ店員さんと親しげに話をしている。地元の方のようだ。「持っているとまた飲んじゃうから、次に来る時まで預かっておいてね」と、千円札を何枚か店員さんに渡して、彼はにこにこしながらお店を出て行った。日本酒を飲みつつ、しばらくの間商店街を行き来する人たちをぼんやり眺めた。すぐ向かいは、「和栗や」というモンブラン専門店。若い人たちがたくさん並んでいる。

荒木経惟の写真集『人町』(旬報社)は、森まゆみとの共著で、谷中、根津、千駄木の、町と人とを一年に渡って撮り下ろしたものだ。森がエッセイを書いている。この写真集は、人々の表情がすばらしい。荒木というとヌード写真の印象が強いが、彼は人を実に魅力的に撮る。路地や商店街の人々、何より、諏方神社、根津神社の大祭を撮った写真は圧巻だ。八月、九月と、二つの神社の大祭でこの界隈はとても賑やかになる。

谷中銀座商店街からよみせ通り商店街へと入った。二つの商店街はTの字型に交わっている。途中、小さな花屋の鉢植えが目に入った。桜草だろうか。もう咲いているのだ。店頭にいた主人らしき熟年女性に尋ねてみた。

「桜草ですよね」

「そうですよ。今年は早いですよね」

「写真を撮らせてもらってもいいですか」

どうぞ、と主人が微笑んでくれた。

現在は暗渠になっているが、よみせ通り商店街の下にはかつて藍染川という小さな川が流れていた。この川が谷中と千駄木を隔てていた。商店街が台東区と文京区の境になっている。谷中側が台東区、千駄木側が文京区だ。千駄木に住んでいた頃、この商店街から谷中側の路地を少し入った世界湯という銭湯を時々利用していた。

いいぞ広い湯船は
天井も高いぞ
それに気持ちのいい時
人は、そうそうあくどいことを
考えたりしないものさ

いつもと変わらぬ
土曜日の宵
下駄の温み
谷中の路地にも
旧盆が近づいていた

当時、こんな詩を書いていた。世界湯もなくなってしまったな。商店街を三崎坂方面に歩いていく。途中、左折し、谷中コミュニティーセンター横から蛍坂を上がると、再び、朝倉彫塑館の通りに出る。この通りは、最近になっていろいろなお店が開店した。和風カフェ、雑貨店、スイーツのお店、手作りのブックカバーを売っているお店もある。

小川糸の小説『喋々喃々』（ポプラ文庫）は、谷中でアンティーク着物のお店を営む若い女性を主人公にした物語だ。谷中の四季が丁寧に描かれている。もっとも、不倫をテーマにしているので、読者の側の好き嫌いは分かれるかもしれない。小川は、執筆にあたって谷中を丹念に歩いたのではないか。細かい路地やお店をよく知っている。小説には、そういった路地やお店が実名で登場する。谷中の高台から、玉林寺の横を抜け根津の交差点に出る近道を、私は小川の小説で初めて知った。

その近道を通って根津に出る。現在の私の生活圏である。不忍通り沿いはほとんどがマンションや雑居ビルだが、奥に入ると古い家並みがまだ残っている。善光寺坂のある言問通りのあたりはそれが顕著だ。森の『抱きしめる、東京』によると、バブル経済の頃、不忍通り沿いを中心に地上げが横行したそうである。古い地主が次々と土地、家屋を手放し、跡地はほとんどがマンションになった。根津から千駄木にかけての不忍通りを歩いていると、今でも軽い圧迫感に襲われる。奥まった場所に入ってようやく落ち着くといった具合だ。

根津神社を訪ねる。根津、千駄木の総鎮守だ。大祭は九月に行われる。神社の正門のある坂道（新坂）はS字型になっていて、東京大学農学部に沿って本郷通りへ至る。神社のある界隈は元々遊郭街だった。東京帝国大学の設立を機に、遊郭街は根津から深川の洲崎に移された。この神社はツツジの名所である。境内には、乙女稲荷神社、駒込稲荷神社、と二つのお稲荷さまが入っている。乙女稲荷神社は、縁結びの神様。小さな千本鳥居も連なり女性に人気が高い。この日も、和風コスプレをした若い女性二人が千本鳥居の中で写真を撮り合っていた。

毎年、元旦の初詣は根津神社である。参拝をし、お神酒を頂き、新しいお札を購入する。池之端にある七倉稲荷神社とともに、私にとって馴染みのある神社だ。

根津裏門坂を渡ると、千駄木に入る。日本医科大学付属病院の横を抜け、そのままなだらかな上り坂を歩いていく。藪下通りと呼ばれている。千駄木も谷中とともに坂の町である。谷中は上野台地、千駄木は本郷台地の斜面に町が広がっている。谷中は寺町だが千駄木は端正な住宅街だ。藪下通りから少し逸れた場所に「千駄木ふれあいの杜」がある。昨年、散策中に初めてこの杜を見つけた。都心近くとは思えないような自然がまだけっこう残っていて驚いた。

小説『青年』の中で、小泉純一がこのあたりを歩き回っている。彼の散歩道は、そのまま森鷗外の散歩道でもあったのだろう。

坂を降りて左側の鳥居を這入る。花崗石を敷いてある道を根津神社の方へ行く。(略)爪先上がりの道を、平になる処まで登ると、又右側が崖になっていて、上野の山までの間の人家の屋根が見える。ふいと左側の籠塀のある家を見ると、毛利某という門札が目に附く。純一は、おや、これが鷗村の家だなと思って、一寸立って駒寄の中を覗いて見た。

鷗村の家と書いているが、これは作者自身の家である。藪下通りが団子坂と交わるあたりに、森鷗外邸があった。観潮楼と呼ばれていた。団子坂の途中にあったので、二階からは東京湾の海も遠望できたという。鷗外は、一八九二(明治二十五)年、三十歳の時から、亡くなる六十歳まで、この家に住んだ。現在跡地は森鷗外記念館となっている。記念館横に、当時の玄関の敷石が今でも残されている。ここから海はもう望めない。ビルの狭間から東京スカイツリーがわずかに見えるばかりである。

記念館は二〇一二（平成二十四）年に開館した。彼の年譜が写真入りで大きく展示され、観潮楼の模型なども置かれている。館内に映像コーナーがあった。作家の、加賀乙彦、森まゆみ、平野啓一郎、画家の、安野光雅、各氏らが、鷗外について語っている。平野の鷗外評を興味深く聴いた。「森鷗外は、人が抗いきれないものをテーマに書いていたのではないか」。なるほど、たしかに、そういう視点で鷗外の作品を読んでいくと、「舞姫」「阿部一族」「高瀬舟」、「雁」も、妙に納得してしまう。鷗外の文体は、すっきりとして無駄がない。まるで文章のお手本のようだ。

この日は、「写真の中の鷗外―人生を刻む顔」と題した特別展も催されていた。幼少の頃から、晩年まで、彼の写真が順を追って展示されている。元々渋みのある顔だが、若い頃の鷗外は、凜々しい。今風にいうならイケメンである。とくにドイツ留学時代の写真はモダンな雰囲気も漂う。

記念館を出て後、団子坂を下り、不忍通りをさらに駒込方面に向かって歩いていく。東京メトロ千駄木駅北出口のすぐ裏に、須藤公園がある。加賀藩支藩の屋敷跡を実業家の須藤吉左衛門が買収。一九三三（昭和八）年に東京市に寄付された。箱庭のような公園である。池のほとりに藤棚がある。花の盛りの頃はきれいだ。

公園のすぐ横にある坂は、アトリエ坂と呼ばれている。諏訪優の命名だそうだ。諏訪と親しかった画家、棚谷勲のアトリエが坂の途中にあり、そこから付けた名だという。森まゆみたちが発行していた地域雑誌『谷中・根津・千駄木』の工房もこの公園のすぐ近くにあった。不忍通りをさらに進むと、道灌山下交差点である。この交差点の少し先にあったマンションに、六年ちょっと住んでいた。もう千駄木の外れだ。動坂下交差点にも近い。動坂は森まゆみの出身地、不忍通りを挟んだ向かいの田端には諏訪優が住んでいた。諏訪が他界して、三十年になる。お二人の著書に出合わなかったら、私は今の場所には住んでいなかっただろう。

久し振りにアトリエ坂を上がってみた。急な坂である。雪が降ったら歩行は危ないかもしれない。再び下りかけたところで、ベビーカーを押した母子連れと擦れ違う。そのまま不忍通りまで坂を下っていった。

京浜の匂い

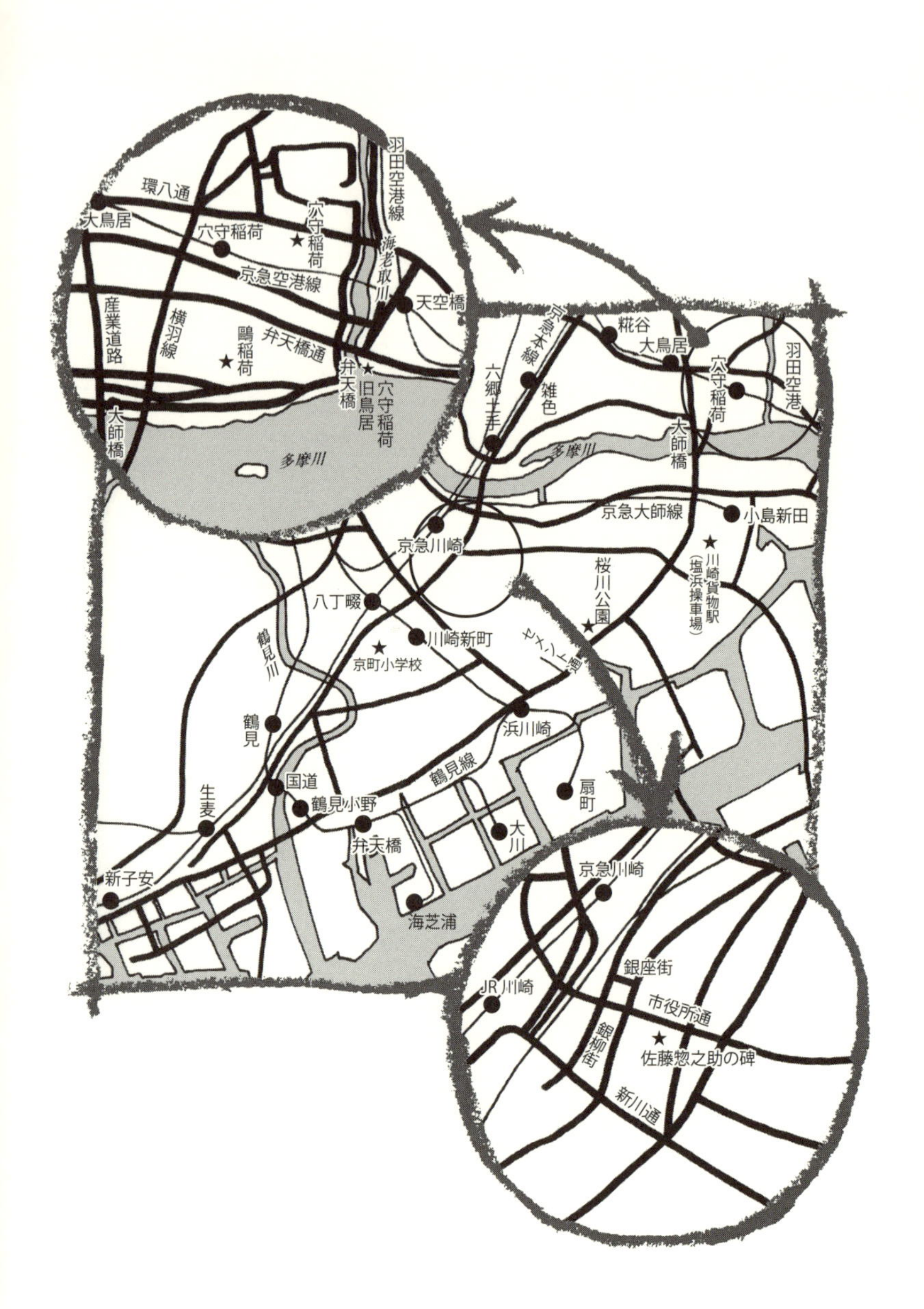
羽田空港線
環八通
大鳥居
穴守稲荷
穴守稲荷
海老取川
京急空港線
天空橋
産業道路
横羽線
鴎稲荷
弁天橋通
弁天橋
旧鳥居
穴守稲荷
大師橋
多摩川
京急本線
糀谷
大鳥居
穴守稲荷
羽田空港
六郷土手
雑色
多摩川
大師橋
京急大師線
小島新田
京急川崎
川崎貨物駅
（塩浜操車場）
桜川公園
八丁畷
川崎新町
京町小学校
鶴見川
鶴見
浜川崎
国道
鶴見小野
鶴見線
扇町
生麦
弁天橋
大川
新子安
海芝浦
京急川崎
銀座街
JR川崎
市役所通
銀柳街
佐藤惣之助の碑
新川通

京浜急行空港線の穴守稲荷駅で下車する。午前十時半を少し過ぎている。日曜日のせいか、駅前はのんびりとした感じが漂う。昨日、春一番が吹いた。三月に入ったとたん、それまでの寒さが緩んできた。

駅から二、三分歩いたところに穴守稲荷神社がある。元々は、海老取川の先、現在の羽田空港の敷地内にあったが、終戦後、連合国軍（後のＧＨＱ）が羽田飛行場を軍事基地とするために撤去を命じられ、この場所に移った。参拝をする。境内は広く、ゆったりとしている。毎年八月に献灯祭が行われる。四年前になるが献灯祭の時に訪ねたことがあった。境内に灯されたたくさんの行灯が幻想的だった。

神社を出て後、多摩川のほうに向かって歩いていく。羽田は路地が多い。住宅や町工場が密集している。途中、鷗稲荷神社という小さなお稲荷さまがあった。鷗という名前に惹かれ寄ってみる。この付近にはかつて鷗が多く、大漁の兆しとしてまつられたことから鷗稲荷神社と称されるようになった、と書かれている。羽田は、古くから漁師町だった。多摩川に出る土手の少し手前に、レンガ造りの旧堤防の跡が残っていた。跡を眺めつつ土手を上がる。とたんに視界が開けた。

このあたりは多摩川の河口に近い。大師橋を過ぎると、川幅はぐっと広がる。今朝は風がないので水面が静かだ。対岸は、神奈川県川崎市。京浜工業地帯の工場群が見渡せる。土手を下り、川の水際に近づいてみた。釣り人たちが幾人か釣り竿を垂れていた。

多摩川の下流は六郷川と呼ばれている。京浜急行本線に六郷土手という駅があるが、界隈の地名なのだろう。松下育男の最新詩集『コーヒーに砂糖は入れない』(思潮社)の中に「六郷川」と題した連作詩がある。松下が少年時代大田区西六郷に住んでいたことを、本詩集で知った。こんなフレーズがある。

多摩川は下流になると六郷川と名を変えた//私が育ったのは六郷川のほとり//川は私たちの生活のすみずみを流れていた

土手の道を河口に向かって歩いていく。散歩やジョギングをしている人たちが多い。海老取川に架かる弁天橋を渡ると、羽田空港の敷地に入る。橋を渡ってすぐのところに、大

多摩川、河口近く

きな赤い鳥居が建っている。穴守稲荷神社の旧鳥居である。空港の敷地内には、かつて、羽田穴守町、羽田鈴木町、羽田江戸見町、という三つの町が存在していたそうだ。前述した通り、終戦後、連合国軍に土地を取り上げられてしまった。四十八時間以内の立ち退きを命じられたという。

小関智弘の小説『羽田浦地図』（文藝春秋）に、当時の様子が描かれている。四つの短編からなる連作集だ。表題作の「羽田浦地図」は、戦前に存在していた三つの町の地図を、かつての住民の記憶をたよりにもう一度作り上げていこうとする物語である。この小説は、池端俊策の脚本で一九八四（昭和五十九）年にテレビドラマ化されている。最近、DVDでドラマを観直してみた。小関自身、東京都大田区の出身で、長く旋盤工として働きながらノンフィクションや小説を書いてきた作家である。

弁天橋の下を、カヌーに乗った中年男性が多摩川のほうに向かって漕いでいく。のんびりした光景だ。弁天橋は、一九六七（昭和四十二）年の羽田事件で機動隊と新左翼が激突した場所である。『羽田浦地図』の各作品を読んでいても、この町は、戦争や政治に否応なく翻弄され続けたことが伝わってくる。今朝の柔らかさは、それらの日々の積み重ねの果てにあるのかもしれない。

多摩川に架かる大師橋を渡ると、川崎市川崎区。私の生まれ故郷だ。橋の上から富士山がきれいに見渡せた。少し上流で川はＳ字に蛇行しているので、橋からの眺めは良い。川崎側の川原は広い干潟になっている。ヨシがうっそうと茂り、その先に羽田空港が見える。この干潟は水鳥が多い。干潟を眺めつつ堤防の道を河口方面へと歩いていく。

土手を下り、十分弱歩くと、ＪＲの塩浜操車場。現在は川崎貨物駅と呼ばれているらしい。陸橋の上から、たくさんの線路と貨車を眺める。その先に京浜工業地帯の工場が海に向かって連なっている。そうそう、これが川崎だよね、と妙に安心してしまった。一九九〇年代の半ば頃、『若者のすべて』（岡田恵和・脚本）というテレビドラマがあった。川崎区

川崎貨物駅と京浜工業地帯

の工場街に近い町に暮らす若者たちを泥臭く描いた物語だった。萩原聖人、木村拓哉、鈴木杏樹、深津絵里らが演じていた。おそらく、塩浜、夜光の界隈を舞台に設定したのではないか。Mr.Children の「Tomorrow never knows」が主題歌だった。この曲を聴くと、塩浜の操車場や産業道路のあたりの風景が今でも鮮明によみがえってくる。

操車場のすぐ脇に京浜急行大師線の終着駅である小島新田駅がある。空港線のほうは羽田空港への直接乗り入れを機に電車本数が増え駅のホームも拡張されたが、大師線はローカル線の雰囲気がまだ残っている。もっとも、お正月三が日の電車の込み具合は尋常ではない。その大師線に乗り京急川崎駅へと向かう。

ＪＲの川崎駅前は、久し振りだ。東口の駅前から、市役所通り、新川通り、という二つの大きな通りが伸びている。二つの通りを結んでいるのが、銀柳街、銀座街、という繁華街だ。川崎でいちばん賑やかなところである。

銀座街の入り口のところに「天龍」という町中華のお店がある。私が子供の頃からあるお店だ。スマートフォンでネット検索をしてみたら、戦後すぐの開店だそうである。看板が面白い。「天下一いずま」と書いてある。まずい、という字が逆さまになっている。この看板も子供の頃から変わらない。そういえばまだ一度も入ったことがなかった。このお店で昼食をとる。初めての中華のお店では、まずチャーハンを頂く。チャーハンが美味しければそのお店は大丈夫だというのが、私の勝手な中華料理店評である。美味しかったのでほっとした。冷酒も一合頂く。

川崎信用金庫本店の敷地内に、詩人、佐藤惣之助の碑が建っている。この場所に、佐藤の生家があった。川崎信用金庫のある砂子通りは、旧東海道の川崎宿のあった場所でもある。碑には、「青い背広で」の歌詞の一節が刻まれている。彼は歌謡曲の作詞家としても活躍していた。「赤城の子守歌」「お夏清十郎」「人生の並木路」などを作詞している。私が所属している川崎詩人会の会誌「新しい風」で、詩人の福田美鈴が佐藤惣之助の思い出を連載エッセイで書いている。福田のお父上である詩人福田正夫と佐藤とは、親しい交流があったそうだ。碑には、歌詞とともに彼の彫像が彫られている。端正な顔立ちだ。福田さんのエッセイを読み、ちょっと気になっていた碑である。

そのまま新川通りまで歩き、バスで桜本に向かう。「四ツ角」のバス停で下車し産業道路のほうに少し歩くと、セメント通りと呼ばれている道が斜め左方向に分岐している。コリアンタウンだ。焼き肉料理店や韓国の食材を売るお店などがある。川崎区の、桜本、浜町の地区は、在日韓国人、朝鮮人の方たちが多く住んでいる。桜本には、川崎朝鮮学校がある。アイドルグループ「少年隊」のメンバーだった東山紀之は、小学校二年生まで桜本に住んでいたという。その後、同じ川崎市内の幸区に転居した。生粋の川崎っ子だ。彼の自伝的エッセイ集『カワサキ・キッド』（朝日文庫）に、当時の桜本の様子が書かれている。

あのころ、桜本の在日の人々のほとんどが、本名を名乗れない状況にあった。地元の小中学校の近くに朝鮮学校があったが、日本人の子どもたちの間では、「朝鮮の生徒に会ったら鼻に割り箸を突っ込まれるから気をつけろ」などというデマが流れていたりした。僕は「そんなことないのに！」ともどかしくてならなかった。思えば、母も、韓国・朝鮮人を差別する意識をまったくもっていなかった。

私は、東山と同世代（私のほうが六つ歳上になるが）。彼が小学生の頃見ていた川崎の風景は、そのまま私の、中学生、高校生時代の川崎の風景と重なる。桜本ほどではないが、私の地元である渡田地区にも在日の方たちが住んでいた。通っていた中学に何人か在日の生徒がいた。いずれも日本名（通名）を用いていた。一九七〇年代の前半頃だ。たしかに、朝鮮学校の不良たちは怖いという噂が学校内に流れていたことは憶えている。本当のところは判らない。

これまで、川崎に関する著書を何冊か読んできたが、東山のこのエッセイ集には等身大の共感を覚えた。彼はこんなことも書いている。

東京とはあまりに近くていつも来られる。あえて故郷に帰ろうという気持ちがなかったとも言える。長らくここに帰る意味を見出せなかったのが、正直な気持ちだ。

桜川公園は、親子連れで賑わっていた。河津桜が盛りを迎えていた。公園内には旧川崎市電の車両が置かれている。一九六九（昭和四十四）年まで、川崎にも市電が走っていた。新川通りにあったさいか屋デパートの前が発着所になっていた。私の住んでいた地区からは少しずれたところを走っていたので、市電に乗ったという記憶はない。公園を出てすぐのところに桜本商店街がある。東山は、子供の頃の活気はなく寂しいとエッセイ集の中で商店街のことを回想していた。当時は高度成長期だった。商店街には、昼下がりののんびりとした空気が漂っていた。ここも韓国関連の食材店や飲食店が多い。

再び、新川通りの小土呂橋のバス停のところまで戻り、バスを乗り換える。京急八丁畷駅の前で下車した。八丁畷は、旧東海道川崎宿の外れにあたる。JR南武線支線のガードを潜りつつ歩いていく。第一京浜国道を渡ると、バス通りに沿って、右側が京町、左側が渡田山王町。渡田山王町は、私の出身地である。実家がある。

川崎区は、おおよそ三つの区域に分かれる。多摩川沿いの川崎大師を中心とした地区。先ほど歩いた、区の真ん中あたりの、大島、桜本、浜町、池上町、の地区。そして横浜寄りの、渡田、京町、小田、浅田、の地区。地元民でないと分からない感覚だろうが、やはり微妙に空気が異なるのだ。町というものの面白さだろう。

母校の川崎市立京町小学校を再訪してみた。校舎が新しくなり、私が通っていた頃の面影はほとんどなくなってしまった。でも、懐かしい。京町は川崎区の外れになる。小学校の塀が、川崎市と横浜市の境になっている。塀の向こうは、横浜市鶴見区平安町。

一九六〇（昭和三十五）年頃まで、川崎側の京町と横浜側の浜町（現在の平安町）の間を運河が流れていたそうだ。川崎運河と呼ばれていた。中途半端な場所が市の境になっていたので気になっていたのだが、運河が市を隔てていたのだ。

運河は埋め立てられ
橋もなくなった
少し盛り上がったコンクリートの道が
名残となった

船溜まりだった場所は
小学校の校庭になっている
この土を掘ると貝殻が出てくるぞ
当時大人たちは
笑いつつ教えてくれた

土に触れてみたかったが
日曜日のせいか

校庭には入れなかった

最近書いた「匂い」という詩の一節である。運河が健在だったら、私の実家からいちばん近い水の風景だったかもしれない。幼少の頃の記憶も色合いが少し違っていただろう。

実家は、畳店だった。小学生、中学生だった時分、よく父の仕事を手伝った。出来上がった畳を現場に収める時、「おい、手伝ってくれ」と父に呼ばれた。小型トラックに畳を積み、父と一緒にあちこちの現場をまわった。大森、蒲田、川崎市内、鶴見、綱島、といった現場が多かった。力仕事だったが、トラックであちこちの現場をまわるのは小旅行のようで楽しかった。あの時、トラックの助手席から眺めた町の風景は、今も私の身体の奥底に染みついている。羽田も、大師も、塩浜も、桜本も、重い畳を運びながら歩いた町だった。

渡田山王町の片隅に川崎新町という小さな駅がある。ＪＲ南武線浜川崎支線の駅だ。私の実家からいちばん近い駅である。通称、浜川崎線、地元の人は浜線と呼んでいた。ここは貨物列車が主流で、旅客電車は数えるほどしか走っていない。二両編成の電車が南武線本線の尻手駅と浜川崎駅の短い区間を往復している。以前は駅員がいたが、現在は無人駅だ。

久し振りに、浜川崎駅まで浜線に乗ってみよう。駅に着いたが、次の電車までまだ三十分近く待つ。駅のベンチに座りぼんやりしていたら、何となく、昔のことがよみがえってきた。実家は線路からほど近い場所にあった。夜になると、貨物列車の走る本数が増える。その振動で家の中も揺れるのである。母方の祖母が地震の大嫌いな人で、家に泊まりにくるたびに、地震だ、地震だ！　と大騒ぎをしていたな。

浜川崎駅は、幾つもの貨物引き込み線路の片隅にぽつりとある。すぐ上を産業道路と首都高速道路が通っている。産業道路と呼んでいるが、正式には、東京都道・神奈川県道6号東京大師横浜線という。川崎から鶴見にかけては、この道路が住宅街と工場街を隔てている。電車を降りまず驚いたのは、駅のすぐ近くに大きな真新しいマンションが建っていたことだった。こんな工場街にまでマンションがあるのか。まあ、都心への通勤には便利なのかもしれないが。とはいえ、あたりは貨物線路や、工場、倉庫など、閑散とした風景である。

鷺沢萠に「涼風」という短編がある（『海の鳥・空の魚』・角川文庫）。川崎の工場街の雰囲気が小気味よく描かれている。鷺沢は、京浜界隈の空気を醸すのが上手い作家である。『文学界』新人賞を受賞したデビュー作「川べりの道」（『帰れぬ人びと』・文藝春秋）は、蒲田の多摩川土手の道が作品の主題になっていた。同じ収録作品の「かもめ家ものがたり」は、蒲田、羽田が舞台だし、『葉桜の日』（新潮文庫）に収録された二作品も川崎と横浜が舞台になっている。彼女は小関智弘の『羽田浦地図』を読み、小説を書き始めたと述懐している。十八歳での新人賞受賞は、当時話題を呼んだ。

浜川崎駅で、ＪＲ鶴見線に乗り換える。鶴見線の浜川崎駅は、南武線支線の駅とは道を挟んだ向かい側にある。同じ駅なのだが一度改札を出なければいけない。南武線支線の駅もそうだが、鶴見線の駅も、私の子供の時分とほとんど変わっていない。両線とも、ＪＲに変わる少し前くらいまでチョコレート色の旧型国電車両が走っていた。ここは首都圏の秘境でもある。

鶴見線でＪＲ鶴見駅方面へと向かう。六年ほど前になるが、川崎詩人会のメンバーで鶴見線散策をしたことがある。ＪＲ鶴見駅から、国道駅、鶴見小野駅、と下車をし、海芝浦駅までの小さな鉄道散策だった。海芝浦駅は、鶴見線の終着駅。駅のホームが海の岸壁すれすれにある。海の見える駅として鉄道ファンには人気だ。海とはいっても、京浜運河である。首都高速道路に架かるつばさ橋が遠望できる。鶴見線に乗りつつ、当時のことを思い出していた。

金子秀夫の著書『川崎の詩と詩人たち』（福田正夫詩の会）の中で、川崎詩人会の鶴見線散策のことが紹介されていた。金子さんは、川崎詩人会の代表を務められている。川崎区の浅田出身。二十年のお付き合いになる。京浜地区の、詩人、画家、ミュージシャンたちとの活動や交流を長く続けてこられた詩人だ。著書にこんな記述がある。

京浜運河は、京浜工業地帯を結ぶ動脈である。現在、京浜運河の岸辺にクロネコヤマトの大きな倉庫がつくられ、工場跡地は物流基地に変わっていた。海芝浦駅の花壇のはずれで、梅雨にぬれる京浜運河を眺めた。対岸のガスタンク、休日で船は走っていないが、泥色の海面から潮の香りが鼻につんときた。詩心がかきたてられた。

今日は、海芝浦駅には向かわず、鶴見川のすぐ近くにある国道駅で下車する。この駅のアーチ型の高架下は、一九三〇（昭和五）年の開業当時の外観をほぼそのまま残している。奇跡のような駅である。映画等の撮影によく使われている。高架下を出ると、すぐ鶴見川だ。河口に近い。小学生の頃、友達と自転車でこのあたりまで時々遠征した。今はだいぶきれいになったが、当時の川水の汚さはすごかった。それでも釣りをしている人たちがいたから、魚も少しはいたのだろう。川辺には小さな干潟が残っている。貝殻浜と呼ばれ、水際には細かい貝殻がびっしりと埋もれていた。この干潟も小学生の頃来た時とほとんど変わっていない。

首都高速道路の生麦ジャンクションの下を抜け、第一京浜国道に出た。そのまま国道に沿って横浜方面へと歩いていく。この国道も、この界隈も、父親の小型トラックに乗り頻繁に通った。脳裡に染みついている風景である。道路と並行して、京浜急行、JR東海道本線、湘南新宿ライン、京浜東北線が走っている。京浜急行の生麦駅を過ぎ、JR貨物線の高架線路を潜り、キリンビールの横浜工場を左に眺めながら、真っすぐ歩き続ける。京急新子安駅を過ぎ、入江川を渡ると、左手に運河が見えてくる。

以前、川崎区鋼管通り在住の詩友とお酒を飲みつつこんな話をしたことがある。

「自分たちにとっての京浜とは、どのあたりまでになるのだろう?」

「そうだな。京浜急行の駅で例えると分かりやすい。雑色、六郷土手、多摩川を渡って、京急川崎、八丁畷、京急鶴見、生麦、子安…、くらいまでかな。その先は匂いが変わる」

子安の、浜通りに入ってみる。昔はここが海だったそうだが、現在は埋め立てられ運河に変わってしまった。漁業はまだ細々と続けられているらしい。運河には、漁船や釣り船がぎっしり浮かんでいる。古いお宅の玄関横に沈丁花が咲いていた。春の訪れを想った。

都電荒川線、春

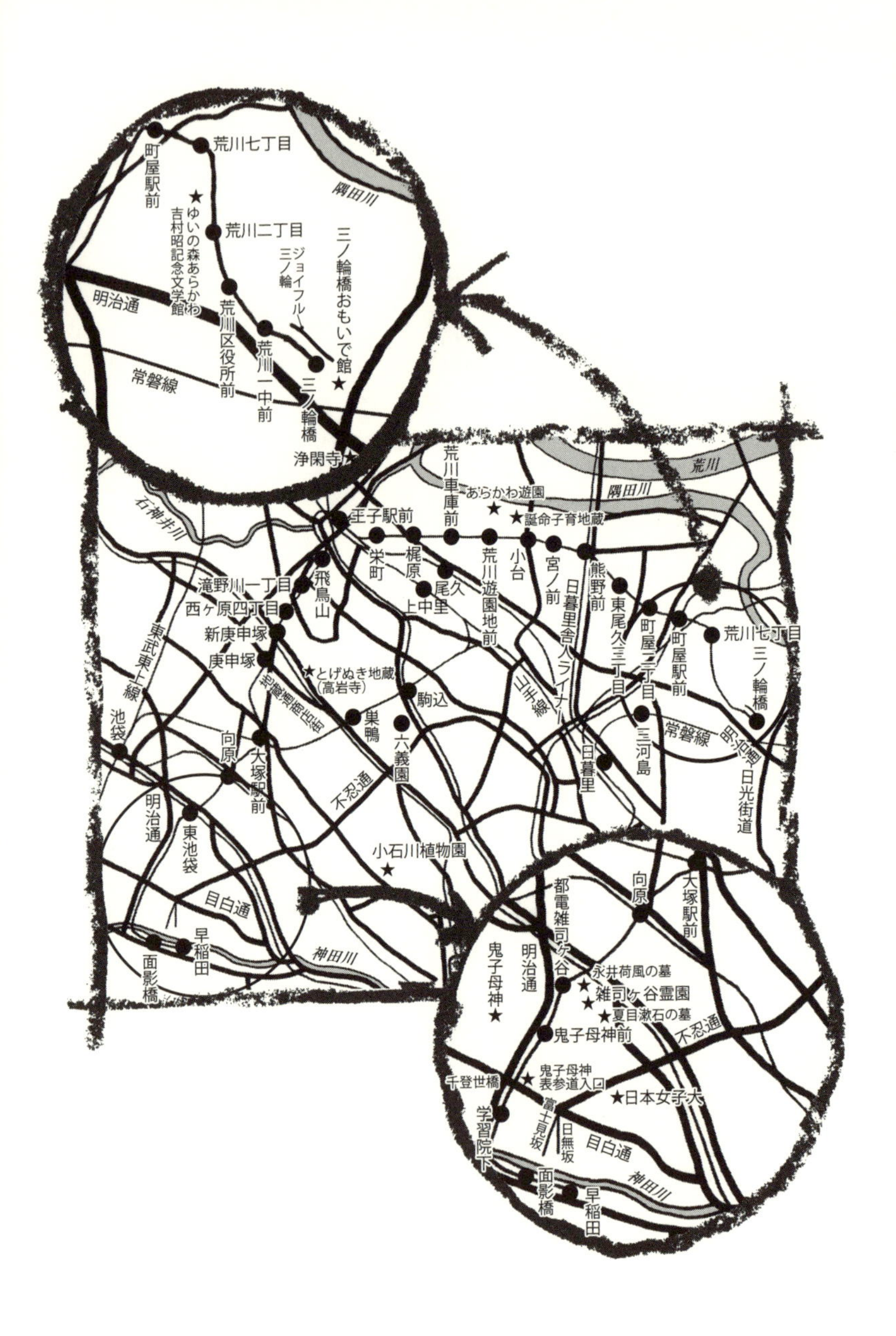

町屋駅前
荒川七丁目
★ゆいの森あらかわ 吉村昭記念文学館
荒川二丁目
ジョイフル三ノ輪
三ノ輪橋おもいで館★
隅田川
明治通
常磐線
荒川区役所前
荒川一中前
三ノ輪橋
浄閑寺
荒川
隅田川
石神井川
荒川車庫前
あらかわ遊園
★誕命子育地蔵
王子駅前
栄町
梶原
尾久
上中里
荒川遊園地前
小台
宮ノ前
熊野前
東尾久三丁目
町屋二丁目
町屋駅前
荒川七丁目
三ノ輪橋
飛鳥山
滝野川一丁目
西ヶ原四丁目
新庚申塚
庚申塚
★とげぬき地蔵 (高岩寺)
駒込
巣鴨
六義園
日暮里舎人ライナー
山手線
東武東上線
池袋
向原
大塚駅前
東池袋
明治通
不忍通
日暮里
三河島
常磐線
明治通
日光街道
小石川植物園
★
目白通
早稲田
面影橋
神田川
都電雑司ヶ谷
向原
大塚駅前
鬼子母神★
明治通
永井荷風の墓
★雑司ヶ谷霊園
★夏目漱石の墓
鬼子母神前
不忍通
★鬼子母神表参道入口
千登世橋
★日本女子大
学習院下
富士見坂
日無坂
目白通
面影橋
早稲田
神田川

早稲田は、久し振りだ。「詩と思想研究会」の会場に早稲田奉仕園をよく利用しているのだが、コロナ禍で研究会もしばらく通信制が続いている。四月は会場での研究会を予定している。参加者諸氏と再会できるだろうか。

四月九日の土曜日、新目白通りにある都電荒川線の早稲田停留場に向かった。快晴だ。暖かい。実は、四月三日の日曜日に散策をする予定でいたのだが、雨で延期となった。一週間弱が経ち、ぐっと春らしくなってきた。今回は、都電に乗り、終点の三ノ輪橋停留場まで途中下車をしつつ沿線の町を歩いてみようと思う。

都電荒川線は、都内に唯一残った都電路線である。新宿区の早稲田から荒川区の三ノ輪橋まで、ちょうど三十停留場。「東京さくらトラム」の愛称で親しまれている。かつて都電は都内を縦横に走っていたが、交通渋滞深刻化への対策により一九六七（昭和四十二）年から相次ぎ廃止となった。荒川線は、経路のほとんどが専用軌道で自動車通行への支障が少ないこと、路線バスへの運行代替が困難であること、また沿線住民の強い要望などもあり、存続が決まったという。

午前九時半過ぎに早稲田停留場を出発する。すぐ次の面影橋停留場で下車。新目白通りと並行して神田川が流れている。都電を降り、神田川に架かる面影橋から川面を眺めた。このあたりは桜の名所だが、もう葉桜になりかけている。川岸の遊歩道の片隅にヤマブキの花が咲いていた。この春初めて見るヤマブキだ。すぐ隣の曙橋まで遊歩道をゆっくり歩き、橋を渡りまた面影橋まで戻る。場所によってはまだ満開の桜を見ることができる。それらの桜を幾枚か写真に収めた。

再び都電に乗る。電車は高戸橋交差点の手前で右折、神田川を渡り明治通りと並行し走っていく。間もなく、学習院下停留場。下車する。駅のすぐ脇に、ハナニラ、長実ヒナゲシが咲いていた。ハナニラは数日前に自宅近所で目にしたが、長実ヒナゲシはこの春初めて見る。柔らかなオレンジ色。春の花が続々と咲き始めている。線路に沿って明治通りを進行方向に少し歩くと、アーチ型の橋と交差する。千登世橋だ。目白通りが通っている。一つの橋のように見えるが、明治通りに架かるほうが千登世橋、都電の線路に架かるほうが千登世小橋、橋名が分かれている。橋まで上がり、左に進むと、学習院大学、川村学園を経て、JR目白駅に至る。右に進むと、日本女子大学。学生街である。橋上か

面影橋から神田川を眺める

ら早稲田方面を眺める。この橋からの風景はいかにも東京という感じがして好きだ。

歌手の西島三重子に「千登勢橋」という曲がある。この界隈を歩く時、いつも彼女の曲を思い出す（実際の橋名は「千登世橋」だが、曲名では「千登勢橋」となっている）。かつて恋人と過ごした目白の街を再訪した女性の想いを歌っていた。橋の上から落としたハンカチが風に舞うという場面が、哀愁のあるメロディーと相俟って印象的だ。西島は川村学園の出身だという。もしかしたら、この曲の詞と似たような思い出が彼女の中にあったのかもしれないなどと勘ぐってしまう。曲のライブ映像はYou Tubeでも観られる。歌っている時の表情が何とも切なげなのだ。

今日は、目白通りを右に進む。五分ちょっと歩くと、不忍通りが左側から合流する。その少し先に日本女子大学がある。目白通りと不忍通りが合流する手前に、早稲田方面に下っていく二つの小さな坂道がある。富士見坂と、日無坂。古いお宅を境にして、右側が富士見坂、左側の石段が日無坂である。共にとても風情のある坂だ。富士見坂はけっこうな急坂。自転車でわっと下っていったら気持ちよさそうである。この坂道は、映画やテレビドラマのロケーション撮影にも使われている。

市川準監督の映画『東京兄妹』は、このあたりから雑司ヶ谷が舞台となっている。両親の遺した古い家で暮らす兄妹二人の日常が密やかな感じで描かれている。緒形直人、粟田麗が演じた。市川は好きな映画監督だ。どこか小津安二郎監督の作風を彷彿させるところがある。この映画も、小津をかなり意識したのではないか。映画の中の兄妹二人の関係性は、小津映画の中の笠智衆と原節子の関係性と重なる。都電荒川線と沿線の風景が映画の背景として活かされていた。そういえば、お醤油の貸し借りをする場面があった。この映画の公開は一九九五（平成七）年。さすがにこの時代、お醤油の貸し借りはないだろう。まあ市川さんの映画だからいいか。

再び、目白通りを千登世橋のほうに戻る。途中、右に曲がる道がある。「鬼子母神・表参道入口」と表記されている。小さな商店街といった感じの通りだ。ここから鬼子母神までは歩いても近い。鬼子母神前停留場横の踏切を渡ると、さらに欅並木に囲まれた参道が続く。鬼子母神欅並木通りと呼ばれている。通りの傍らに花海棠が咲いていた。柔らかなピンク色の花だ。

鬼子母神。正式には、雑司ヶ谷鬼子母神堂である。法華経の守護神として日蓮宗寺院で祀られているそうだ。安産、子育ての神様でもある。都内では台東区入谷の真源寺にも鬼子母神が祀られている。お宮参りの家族を二組見かけた。お宮参りの光景は見ていて微笑ましい。境内に、上川口屋という小さな駄菓子のお店がある。創業一七八一年と書かれている。……江戸時代？ 駄菓子は懐かしい。二人の少年が駄菓子の入ったガラス製の瓶をじっと眺めていた。

鬼子母神前停留場から再び都電に乗り、一つ先の都電雑司ヶ谷停留場で下車する。停留場を出るとすぐ雑司ヶ谷霊園が広がっている。二十年振りだろうか。永井荷風のお墓を訪ねて以来だ。著名人のお墓が多い。まず霊園事務所へと向かった。霊園のあちこちに花壇がある。ハナニラ、ヤマブキ、菜の花、ハナダイコン、シャガ、など、花壇も賑やかだ。事務所に著名人のお墓が記載された霊園マップが置いてある。

夏目漱石の墓は雑司ヶ谷霊園にある。訪ねてみて驚いた。大きなお墓だ。「文献院古道漱石居士」と刻まれている。漱石の享年は、四十九歳。若い時分は、大人の作家だと思っていたが、彼の享年を追い越してしまった今あらためて思うと、意外と若くして亡くなっていたことに気づく。ちなみに森鷗外の享年は六十歳。鷗外の享年も追い越してしまった。来年は山本周五郎の享年に追いつく。生きていれば、だが。

漱石の作家としての活動期間は、ほぼ十年である。その間にあれだけの作品を書き上げた。傑作はたくさんあるが、私がもっとも好きなのは『門』だ。前期三部作の最後の作品。漱石の中では比較的地味な作品だと思う。宗助と御米の淡々とした夫婦生活に惹かれた。この二人、仲がよいのである。読まれた方ならご存じだろうが、二人の仲は、安井というひとりの男の犠牲の元に成り立っている。故に、後半、宗助は鎌倉にある禅寺の門をくぐり、自らを見つめ直すことになるのだ。でも、物語の大半は、二人と彼らの周辺の人々の平穏な生活が描写されている。二人のやり取りに、何だかほっとしてしまう。

そういう描写に惹かれるのは私だけかな、などと思っていたら、詩人の荒川洋治が同じ個所に注目していることを知り驚いた。荒川の『過去をもつ人』（みすず書房）というエッセイ集の中に「「門」と私」と題した一文がある。

その日、しのこしたことなどは、そのままに。例のできごとは、ことばの内側に影を落とすものの、夜になれば、眠るのだ。でもそのようすは、なんとも愛らしい。楽しい風景を眺めるときの心地になる。「門」はひたすら日常という自然のなかを漂う作品だ。人はみんな同じ、というところを漱石はしっかり書く。「門」のすてきなところだ。

これを読んだ時、嬉しくなった。同じところを注目している「同士」を見つけたような気持ちになったのだ。荒川の文学エッセイ集は好きで、みすず書房から出ている著書はほぼ全部持っている。彼の読書量には瞠目する。

永井荷風の墓は、ごく標準的な造りだ。「永井荷風墓」と刻まれている。荷風というと隅田川周辺の風景を思い浮かべがちだが、彼は東京山の手の出身である。現在の文京区春日で生まれている。その後、アメリカ、フランス滞在を経て後、東京大空襲で家を焼失するまで麻布に長く独居した。荷風自身は荒川区三ノ輪にある浄閑寺に葬られることを望んだが、没後は永井家の墓所がある雑司ヶ谷霊園に葬られた。昭和十二（一九三七）年の日記にこんな記述がある。

余死するの時、後人もし余が墓など建てむと思はば、この浄閑寺の塋域（えいいき）娼妓の墓乱れ倒れたる間を選びて一片の石を建てよ。石の高さ五尺を超ゆるべからず、名は荷風散人墓の五字を以て足れりとすべし。

漱石も、荷風も、花を好んだ作家だった。小説や随筆を読んでいると所々に花の描写が出てくる。『虞美人草』はヒナゲシの別名である。『断腸亭日乗』の断腸亭は秋海棠の別名断腸花から付けられたものだ。花の季節にお二人の墓前で合掌したことは、ささやかなご縁といえるかもしれない。

大塚駅前停留場まで出る。JR山手線大塚駅との乗り換え停留場である。大塚駅も近年駅舎が建て替えられ、きれいになった。ちょっと疲れた。駅前にあるスターバックスで休憩をとる。再び都電に乗り、庚申塚停留場で下車。ここは停留場内に甘味処と居酒屋が入っている。『いっぷく亭』(甘味処)、『御代家』(居酒屋)。究極の駅ナカですね。『御代家』では全国各地の日本酒が飲めるようなのだが、まだお昼前なので開店していない。残念である。

線路を渡り少し歩くと、「巣鴨地蔵通り商店街」と書かれたアーケードが見えてくる。JR巣鴨駅前まで庶民的な商店街が続く。とげ抜き地蔵尊の名で親しまれている高岩寺を控えた商店街だ。いわゆる、おばあちゃんの原宿。若い世代の人たちもけっこう歩いて

飛鳥山公園

いる。土曜日のせいか、商店街は賑わっていた。途中、ときわ食堂という私好みの大衆食堂を見つける。人気店のようだ。ずらりと人が並んでいた。そうか、もうお昼か。ここは飲み屋さんとしても利用できそうだな、などと外から店内を覗いてみた。都内のあちこちで「ときわ食堂」というお店を見かける。浅草、町屋、駒込の動坂近くにもある。チェーン店ではなさそうだ。暖簾分けのような感じなのだろうか。

高岩寺にお参りをする。私の前にいた初老の女性のお参りがものすごく長い。まだかしらと待っていたら、参り終わった斜め右前の女性が、こちらでどうぞと手招きをしてくれた。私が参り終わった後も、彼女はまだ手を合わせている。個人商店の元気な商店街にはやはり活気がある。花屋を幾つか見かけた。つい立ち止まってしまう。ゼラニウムやマリーゴールド、桜草の鉢植えが並んでいる。先ほど、路地に入りかけたところでオオキバナカタバミを見つけた。あちこちの店をひやかしつつ、庚申塚停留場まで引き返す。

都電は、飛鳥山停留場を出てすぐ明治通りの中に入り、次の王子駅前停留場まで専用軌道から外れ車と一緒に走る。右手に飛鳥山を眺めつつ、ゆっくり坂を下っていく。ＪＲ王子駅の高架を潜ったところで再び専用軌道に戻る。王子駅前停留場で下車。駅前のコンビニエンスストアーに寄りお弁当とワンカップの焼酎を購入し、飛鳥山公園に続く石段を上がった。

飛鳥山公園も、桜の名所だ。こちらも面影橋付近同様葉桜になりかけていた。桜の柔らかさと葉桜の瑞々しさが陽ざしの下で混じり合っている。空いている石造りのベンチに腰掛け、購入したお弁当で昼食をとった。少し風が出てきたようだ。桜の花びらが落ちてきてお弁当のご飯の上にちょこんと乗っかった。花びらをつまんで、ワンカップ焼酎に浮かべてみた。桜割りである。スマートフォンで、ＳＮＳをチェック、ネットニュースを眺めていたら、ロシアのウクライナ侵攻の最新ニュースが流れてきた。民間人への攻撃が続いているようだ。戦火の映像画面の光景が、少し酔った頭の中で苦くぼやけていく。

飛鳥山公園は紫陽花の名所でもある。花の時期にはまだ早いが、ＪＲの線路と公園との間の道は「飛鳥の小径」と呼ばれ、時期になるとたくさんの紫陽花が咲く。まさに咲き乱れるという感じである。ＪＲ王子駅のホームからも見える。その小径まで下り、ゆっくりと歩いてみた。かすかに、紫陽花の蕾が膨らんでいる。今年も紫陽花の写真を撮りに訪ねようと思っている。

王子駅前停留場から、栄町停留場、梶原停留場を過ぎ、都電は荒川区内に入る。荒川車庫前停留場で下車。車庫内には、旧式の都電の車両も展示されていた。旧車両内に入ることもできる。都電のイラストや模型なども飾られている。小さな都電博物館のようだ。傍らに「さくらたび。」という都電沿線情報マガジンが置かれていた。一冊頂く。この号では町屋駅前から三ノ輪橋にかけてのグルメ情報などが紹介されている。ちょうどこれから向かう沿線だ。車庫を出る時、初老の案内係の方が丁寧に挨拶をしてくれた。

電車道に沿って次の荒川遊園地前停留場まで歩いてみる。このあたりは荒川区西尾久になる。陽ざしが強い。歩いていると汗ばんでくるほどだ。堀江敏幸の小説『いつか王子駅で』（新潮文庫）がちょうどこの電車道の界隈を舞台にしている。塾講師をしながら翻訳を手掛ける男性を主人公にした物語だ。物語としての展開より、堀江自身の趣味が色濃く醸されたユニークな小説である。彼の好きな小説、競馬の話、など、ところどころで物語は脱線し、また戻りつつ進んでいく。堀江は大学生時代西尾久に住んでいたそうだ。なるほど、それでこのあたりの地理に詳しいのか。

主人公の男性と咲ちゃんの場面が微笑ましい。咲ちゃんは、主人公が住んでいるアパートの大家の娘さん。中学生だ。彼は、大家に頼まれ彼女の家庭教師をしている。二人がもんじゃ焼き屋で昼食をとる場面がある。咲ちゃんは「スペシャル遊園地もんじゃ」を注文する。このもんじゃがずっと気になっていた。歩きつつ、それとなくもんじゃ焼きの店を探してみる。もんじゃ焼きもお好み焼きのお店も見つけることはできなかったが、荒川遊園地近くで「卍」という印の入ったお堂を見つけた。「卍」に惹かれ、お堂を覗いてみる。案内板には「日待供養塔・延命子育地蔵尊」と表記されている。日待とは、決められた日に講中が集まって日の出を待ちながら一夜を明かす行事、と書かれていた。「卍」は、お寺をはじめけっこうあちこちで目にする。ネット検索をしてみると、幸福や吉祥を表す印と説明があった。お堂のすぐ後ろに、荒川遊園地の大きな観覧車が見える。遊園地はリニューアル工事のため長く休園していたが、今月中にはリニューアルオープンする予定だそうだ。ここの観覧車にはぜひ乗ってみたい。

電車道から少しそれる
古い商店の残る一画があった

卍という印の入った
お堂を見つけた
吉祥を表す印だそうだ
お堂の脇から路地が続く

のりしろのような人だと
いわれたことがある
小さな余白を想ってみた
のりしろに似ているかもしれない

荒川遊園地前停留場から再び都電に乗る。けっこう混んでいる。今朝、早稲田停留場から乗り始めたが、空いていた区間がほとんどない。沿線の人たちの足になっているのだとあらためて実感する。熊野前停留場で日暮里舎人ライナーのガードを潜り、町屋駅前停留場で京成電鉄本線のガードを潜る。荒川二丁目停留場で下車。線路を渡り少し歩いたところに「ゆいの森あらかわ」がある。二〇一七（平成二十九）年にオープンした荒川区の複合施設である。荒川区中央図書館、多目的ホール、子どもひろば、などが入っている。瀟洒な建物だ。中央図書館の隣には「吉村昭記念文学館」が併設されている。ここの図書館はとにかく広い。蔵書は六十万冊だそうだ。「えほん館」もある。

吉村昭は、現在の荒川区東日暮里の出身。純文学作品の他、戦史や歴史を素材とした記録性の高い作品も遺している。吉村の著書はエッセイ集を二冊読んだきりだが、以前から関心のある作家だった。訪ねてみたかった文学館だ。館内には吉村の年譜、写真、また書斎がほぼ当時のまま再現されていた。奥様は、同じく作家の津村節子。西日暮里の諏方神社に佇む吉村を撮った写真が館内に飾られていた。この神社は、私も二月に訪ねたばかりだ。彼にとっては子供の頃からの馴染みの神社であったに違いない。『東京の下町』（文春文庫）という自伝的エッセイ集にこんなくだりがある。

町の最大の行事は、高台にある諏方神社の祭礼であった。諏訪ではなく諏方で、町の者たちは、お諏方様と呼んでいた。

荒川二丁目停留場から、荒川区役所前停留場、荒川一中前停留場を経て、終点の三ノ輪橋停留場に到着。もう午後四時に近い。停留場のすぐ脇に三ノ輪橋おもいで館というのが出来ていた。都電案内所であるが、先ほど、荒川車庫に置いてあった都電沿線情報マガジンや、都電の模型、関連雑誌なども売っている。この停留場のあたりは、昔とほとんど変わっていない。山田洋次監督の初期の映画『下町の太陽』に、三ノ輪橋停留場の場面がある。若き日の倍賞千恵子の健気な眼差しが強く印象に残る。この映画が公開されたのは、一九六三（昭和三十八）年。もう六十年近く前になるが、現在も当時の面影を色濃く残している。停留場を出てすぐ左に、ジョイフル三ノ輪という大きな商店街が続いている。いかにも下町といった庶民的な商店街だ。

ここから東京メトロ日比谷線の三ノ輪駅までは歩いても五分くらいである。三ノ輪駅のすぐ裏に、浄閑寺がある。お昼前に訪ねた雑司ヶ谷墓地に眠る永井荷風が生前葬られたいと望んでいた寺だ。その望みは叶えられなかったが、没後、有志により浄閑寺に荷風碑と筆塚が建てられた。筆塚には、彼の前歯と愛用していた小筆が納められている。久し振りに浄閑寺を訪ねてみた。本堂の裏、新吉原総霊塔の斜め向かいに、筆塚がある。そのすぐ横には、「震災」と題した荷風の詩が刻まれている。

今の世のわかい人々／われにな問いそ今の世と／また来る時代の芸術を。／われは明治の兒ならずや。／その文化歴史となりて葬られし時／わが青春の夢もまた消えにけり／團菊はしおれて櫻痴は散りにき。／一葉落ちて紅葉は枯れ／緑雨の聲も亦絶えたりき。／（略）

三ノ輪橋停留場に戻り、商店街の入り口近くにある「古書ミヤハシ」に寄ってみる。ここは鉄道関連の雑誌や著書が多い。一般書籍の棚を覗いていたら、『菊田守詩集』を見つけた。砂子屋書房の文庫版だ。ここで菊田守さんに出合うとは思わなかった。購入してしまう。菊田さんは「詩と思想研究会」の元講師でもある。お世話になった詩人だ。古書店を出ると、すぐ隣の停留場の上空にきれいな夕空が広がっていた。

葛飾、水郷に沿って

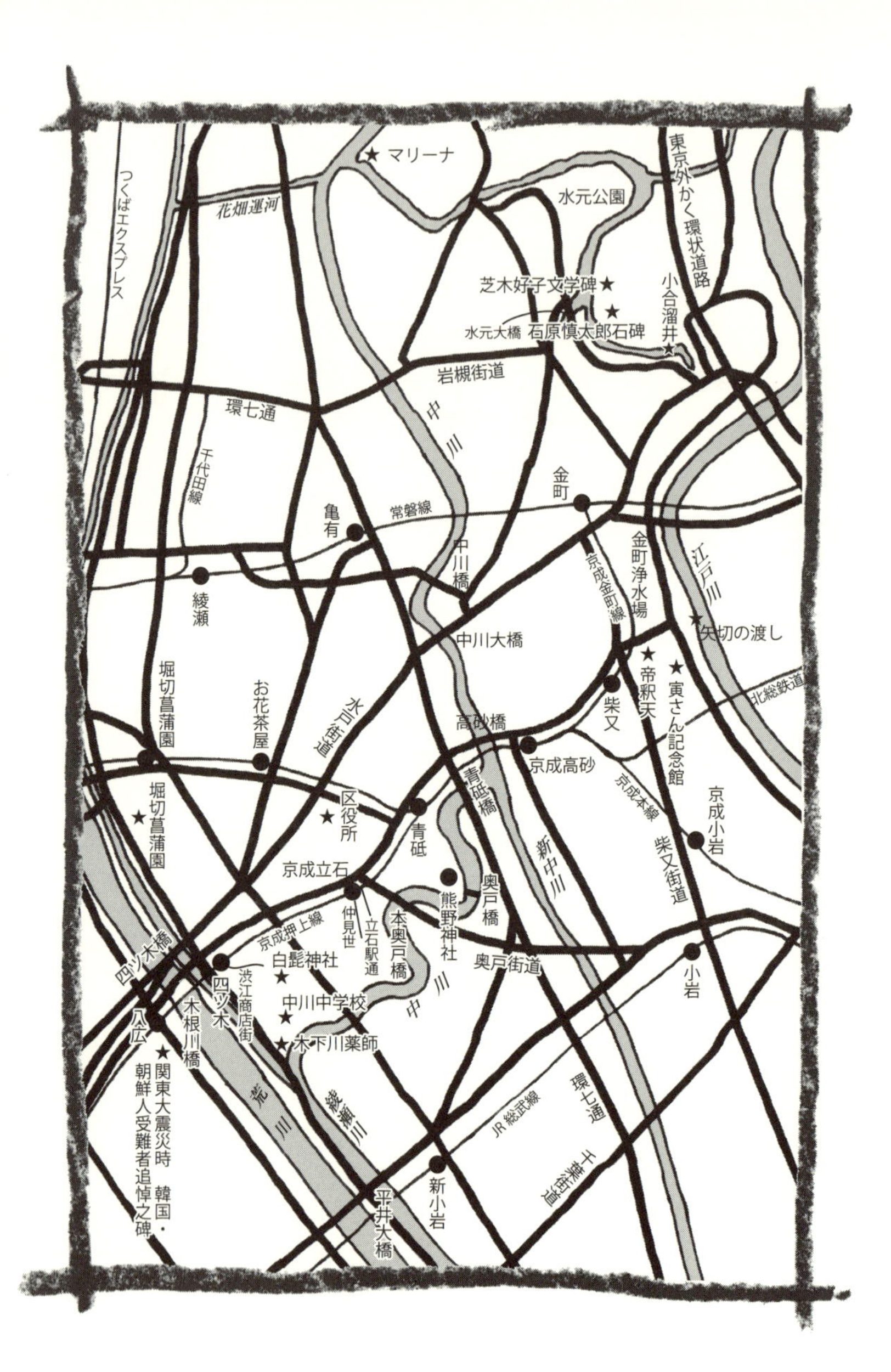

マリーナ
花畑運河
つくばエクスプレス
水元公園
東京外かく環状道路
芝木好子文学碑
小合溜井
水元大橋
石原慎太郎石碑
岩槻街道
環七通
千代田線
中川
金町
常磐線
亀有
中川橋
綾瀬
金町浄水場
京成金町線
江戸川
矢切の渡し
中川大橋
帝釈天
寅さん記念館
北総鉄道
堀切菖蒲園
お花茶屋
水戸街道
柴又
高砂橋
京成高砂
京成本線
区役所
青砥
青砥橋
京成小岩
新中川
柴又街道
京成立石
熊野神社
奥戸橋
仲見世
立石駅通
本奥戸橋
京成押上線
奥戸街道
小岩
四ツ木橋
白髭神社
四ツ木
渋江商店街
中川中学校
八広
木根川橋
木下川薬師
関東大震災時 韓国・朝鮮人受難者追悼之碑
荒川
綾瀬川
環七通
JR総武線
新小岩
千葉街道
平井大橋

五月三日、京成電鉄押上線の八広駅で下車する。駅前にジャスミンの花が咲き始めていた。まだ午前九時半過ぎだが、初夏を彷彿させるような青空が広がっている。駅を出るとすぐ荒川の堤防だ。堤防の石段を上がる。一気に視界が開けた。八広は墨田区、川向こうは葛飾区。京成電鉄の鉄橋と並行するように木根川橋が架かっている。

この橋の近くに「関東大震災時　韓国・朝鮮人受難者追悼之碑」が建っている。一九二三（大正十二）年九月一日、関東大震災の時に、墨田区では本所地域を中心に大火災となり、荒川土手は避難する人で溢れた。「朝鮮人が放火した」「朝鮮人が攻めてくる」などの流言蜚語がとび、軍隊が機関銃で、韓国、朝鮮人を撃ち、日本人民衆も殺害に加わったという。事件の場所が木根川橋周辺であったことを最近になって知った。碑には「悼」という字が大きく刻まれている。先々月、この連載の散策記で川崎のコリアンタウンを再訪したばかりなので、気になっていた場所だった。碑の前で黙禱する。すぐ隣に「ほうせんかの家」

という追悼の会の事務所があった。案内係の方がいて、彼女から当時の話を少し聞くことができた。今年は九月三日に追悼式が行われるそうだ。

荒川の河川敷にはヒメジョオンが咲き乱れていた。ハルジオンかもしれない。どちらの花もほとんど見分けがつかない。蕾の付き方が違うとか、茎が異なるとか、見分け方はあるらしいのだが、遠目には同じ花だ。河川敷を見下ろしつつ木根川橋を渡る。鷺を一羽見つけた。羽をゆらりと広げ気持ちよさそうに川の浅瀬に佇んでいる。このあたりは荒川と並行して綾瀬川も流れている。二つの川の間を洲のような細長い土手が続いている。土手を下流のほうに向かって歩いていく。この土手にも、ヒメジョオン（ハルジオン?）、ムラサキツメクサが咲いていた。対岸には大きく東京スカイツリーが見える。曳舟、押上は目と鼻の先。葛飾区側の河川敷には野球グラウンドがあり、ユニフォーム姿の少年たちが揃ってランニングをしていた。木根川橋まで戻り、綾瀬川を渡ると、葛飾区東四つ木である。

歌手のさだまさしファンだったら「木根川橋」という曲をご存じだろう。さだの初期のアルバム『夢供養』に収録されている。ファンの間では人気の高い曲だ。彼は長崎の出身だが、バイオリン修業のため中学生の時に単身上京し、東四つ木に下宿をしていた。その頃の思い出を歌った曲だ。一度この曲の舞台となった町を訪ねてみたいと思いつつ、ずいぶん月日が経ってしまった。

荒川、綾瀬川に沿った道を下流に向かって少し歩くと、左に折れる道がある。水道路と呼ばれている。金町にある浄水場まで一直線に続く道だ。水道路の途中に六叉路というとんでもない交叉点がある。この交叉点を斜め左の道に曲がったところに白髭神社がある。さだの歌詞に登場する。町中の小さな神社だ。掲示板に祭礼の案内紙が張ってあった。五月二十一日と書いてある。もうすぐだな。お参りをし、再び六叉路のところまで戻る。ここに限らず、周辺は小さい路地が縦に横に斜めに分かれている。ほとんど迷路だ。先ほどの土手沿いの道まで戻り、さらに下流に向かって歩いていく。まもなく左側に「木下川薬師」という看板が見えてくる。「木根川」ではなく「木下川」である。このお寺もさだの歌詞に登場する。木下川薬師の植木市の日は当時いつも雨が降っていたそうだ。立派な門である。本堂も大きい。「青龍山浄光寺」と書かれている。

お寺のすぐ後ろに、葛飾区立中川中学校がある。さだの母校だ。この中学校を挟んで左側から中川が近づいてくる。中学校の少し先で中川と綾瀬川が合流し、荒川と並行して東京湾へ流れていく。中川の合流地点近くにある上平井橋から水門が見えた。流れはけっこう速い。今度は中川を遡るように歩いていく。土手下に、ツツジ、クレマチスが咲いていた。途中で土手から離れ、再び町中に入っていく。

前述したが、とにかく細かい路地が多い。京成電鉄押上線の四ツ木駅に向かって歩いているつもりなのだが、不安である。スマートフォンのGoogleマップで何度も現在位置を確かめつつ路地を歩いていく。やがて渋江商店街と書かれた通りに出る。祝日のせいか、お店はあらかた閉まっている。商店街を抜けた先に四ツ木駅があった。駅を見て驚く。改札口、階段、壁、ホーム、すべてテレビアニメにもなった漫画『キャプテン翼』のキャラクター画一色である。後で知ったことだが、四つ木がこの漫画の舞台なのだそうだ。ファンにとっては聖地だろう。電車の発車メロディーもアニメの主題歌が使われている。ホームのベンチに座っているだけで目がくらくらしてくる。

京成電鉄で一駅移動する。京成立石駅で下車。ここには葛飾区役所がある。葛飾区の中でも賑やかな町だ。駅の南口には、立石駅通り商店街、立石仲見世、という二つの商店街が並行して連なっている。北口にも商店街が続いている。とくに立石仲見世には昭和の頃を彷彿させる空気が濃厚に残っている。戦後の闇市から始まった商店街である。お惣菜を売っている個人商店が多い。飲み屋さんも、もつ焼きのお店を中心にたくさんある。立石は、お酒好き、居酒屋好きな人の間では有名な町である。

「宇ち多」という昼間から飲める古いもつ焼きのお店があるのだが、祝日のため休みだった。…残念。すぐ近くに小さな中華のお店があった。中華というより飲み屋さんのような感じである。ちょうどお昼時。入ってみた。常連さんらしき年配の女性が一人で酎ハイを飲んでいる。チャーハンを注文した。初めての中華のお店ではだいたいチャーハンを頂く。一緒に日本酒を一合注文したらキムチをサービスしてくれた。ほどなく、私と同じ年格好の男女が入店してきた。常連さんのようだ。ご夫婦だろう。「僕、黒ホッピーね」「私、酎ハイ。それとレバニラ炒めを」。先ほどの年配女性が「ポテトフライちょうだい」。ママさんが馴れた様子で応対している。日本酒を飲みつつ彼らをそれとなく眺めていた。

立石仲見世を抜け奥戸街道を左側に少し歩くと、中川に出る。本奥戸橋から川を眺めた。中川のこのあたりは蛇行が激しい。まさに蛇の流れである。堤防に沿って歩いていく。モーターボートが下流に向かって水しぶきをあげながら過ぎていった。少し後に今度は水上バイクがモーターボートを追いかけていく。蛇の川なのでスリルがあるだろう。私はのんびりしたものだ。土手下で、シャリンバイの花を見かけた。落ち着いた感じの淡い白。私もまた蛇になって土手際の道をくねくね歩いていく。

途中、左に下る道があって、行く手に大きな鳥居が見える。熊野神社だ。社殿の前に小さな鯉のぼりが幾つも吊るしてある。その先には菖蒲も吊るされていた。傍らに「コロナ禍疫病退散・葛飾区名産のショウブを使い「軒菖蒲」を設置しました。願いを込め、おくぐりください」という張り紙があった。参拝し終わった中年女性が「軒菖蒲」をくぐり、擦れ違う時軽く会釈をしてくれた。私もくぐり、参拝をする。この神社では「夜詣り参拝」という斎行があるそうだ。「新月の夜、祈願する「お願いします」というみずみずしい心。満月の夜、感謝する「ありがとう」という感謝の気持ち」という言葉が傍らに添えられていた。何だか、柔らかな気持ちが湧き上がってきた。平安時代中期に建てられた葛飾区内では最も古い神社である。

川本三郎の『郊外の文学誌』（岩波現代文庫）の中に、「荒川放水路の向こうに開けた—葛飾界隈」と題した評論がある。川本は幸田露伴の「蘆声」という短編を紹介している。四つ木、立石界隈を舞台にした私小説だ。文筆に携わる「自分」は、午前中にはもう仕事を終えてしまって、あとは、川釣りをしに中川のあたりを訪ねる。のんびりとした小説のようである。

奥戸、立石なんどというあたりは、まことに閑寂なもので、水ただ緩やかに流れ、雲ただ静かに屯しているのみで、黄茅白蘆の洲渚、時に水禽の影を看るに過ぎぬというようなことであった。

小説は明治の末年頃の光景だが、令和の現在も当時とさほど大きな変化はないかもしれない。もっとも、川岸はコンクリートの護岸になってしまい、散策者にとってはちょっと味気ない。川本の評論によると、四つ木、立石のあたりはかつて玩具の町だった。昭和三十年代、葛飾区内には約二百ほどの玩具工場があったらしい。この時代に大流行した人形「ダッコちゃん」は、立石周辺にあった玩具メーカーが製作したものだという。現在も、あちこちに町工場が点在している。

奥戸橋をくぐり、青砥橋をくぐり、土手に沿って川を遡りつつ歩いていく。左手に京成電鉄の青砥駅が見える。中川は高砂橋の手前で新中川と合流する。新中川はかつて中川放水路と呼ばれていた。中川の氾濫を避けるために造られた人工の川だ。あれだけ蛇行している川だから放水路を造るのも頷ける。高砂橋から中川と新中川を眺めてみた。新中川は東京湾に向かって一直線に流れていく。気持ちよいほどである。

橋を渡り、そのまま京成高砂駅まで歩く。京成金町線、北総鉄道北総線の乗り換え駅だ。京成押上線は、ひとつ前の青砥駅で京成本線と繋がり、京成高砂駅からは京成金町線が分岐している。駅数わずか三駅のミニ支線だが、ＪＲ常磐線の金町駅まで通じていること、また途中に柴又駅があるため、乗降客は多い。金町線に乗り柴又駅で下車する。

午前中訪ねた四ツ木駅は『キャプテン翼』一色だったが、柴又駅は「寅さん」一色である。こちらもホームに立っているだけで目がくらくらしてくる。駅前は再開発で昔ながらの雰囲気はなくなってしまったが、柴又帝釈天へと続く参道は門前町らしい雰囲気が残っていた。駅前に、渥美清扮する車寅次郎と倍賞千恵子扮するさくらの像が建っている。駅に向かいながらふと振り返る寅次郎像と、彼を見つめるさくら像。映画『男はつらいよ』の一場面を彷彿させる二人の像は観光客に人気だった。この日も像と一緒に記念撮影している人たちをたくさん見かけた。

帝釈天参道にはたくさんの土産物屋、飲食店が連なっている。「とらや」というお団子屋さんがあった。店頭に「第一作から第四作まで撮影に使用した店です」という説明書きがあった。「矢切の渡しもなか」を売っている御菓子処もある。柴又帝釈天から江戸川べりまでは、歩いてもすぐだ。帝釈天に参拝をする。映画でお馴染みの本堂であるが、実際に眺めると落ち着いた感じの造りである。佐藤蛾次郎扮する寺男が境内を箒で掃いている姿が目に浮かんでくる。若い人たちを中心に着物姿の参拝客も多い。つい最近、一九八〇年代のアイドル歌謡がZ世代（一九九〇年後半から二〇〇〇年前半に生まれた世代）の若者に人気だという記事をネットニュースで読んだ。一種の回顧現象なのだろうか。

帝釈天のすぐ近くにある「葛飾柴又寅さん記念館」に向かう途中、前方から、車寅次郎がすたすた歩いてきた。え？　っと驚いていたら、寅さん（もどき）は、さっと手を上げ、

「よっ、暑いね」

柴又帝釈天

「…」

「じゃあね！」

彼はすたすたと帝釈天の方へ歩いていってしまった。

写真、…取り忘れた。

まあ、ゴールデン・ウイーク中だし、私的サービスですかね。でもあの格好のまま観光客でごった返した帝釈天に行ったら、けっこう大変な状況になりそうだ。

「葛飾柴又寅さん記念館」は、江戸川土手のすぐ近くにあった。映画名場面の映像コーナーや、歴代マドンナの紹介映像、「とらや」のセット、など館内はノスタルジックに溢れた空間だった。『男はつらいよ』の第一作は、一九六九（昭和四十四）年。二〇一九（令和元）年に、五十作目となる「お帰り寅さん」

が久し振りに公開され話題を呼んだ。この作品は劇場で観た。吉岡秀隆扮する満男が小説家になっていたという展開にはびっくりした。渥美清は他界しているが、映画の所々に往年の寅さんの姿がフラッシュバックのように入れ込まれていて興味を惹いた。個人的には、三十一作目の「旅と女と寅次郎」が今も印象に残っている。都はるみがマドンナ役だった。佐渡ヶ島の小木にある宿で寅さんと彼女が酒を酌み交わす場面は、ゆったりとした情緒があった。

館内には「山田洋次ミュージアム」も併設されている。山田作品は『男はつらいよ』の他にもたくさん観ている。『下町の太陽』『幸福の黄色いハンカチ』『キネマの天地』『学校』シリーズ、『息子』『虹をつかむ男』『たそがれ清兵衛』。『たそがれ～』での宮沢りえの演技は秀逸だった。ミュージアム内には各作品のポスターが年代順に飾られている。山田は、九十代だ。現役の映画監督である。

江戸川の土手に上がってみた。河川敷の一部が芝生になっていて、たくさんの人たちが戯れている。風船のようなものが芝生の上を飛んでいる。シャボン玉だ。土手を下り近くに寄ってみた。小さな輪っかが幾つも付いた紐をシャボン液に浸し、その紐を上空にわっと広げたとたん溢れるようにシャボン玉が舞う。幼い子供さんたちが大喜びでシャボン玉を追いかけていく。シャボン玉を掻き分けるように江戸川の岸まで歩いていった。「矢切の渡し」は、このあたりである。細川たかしの歌声が聴こえてきそうだ。伊藤左千夫の小説『野菊の墓』の舞台が、ちょうどこの対岸の、千葉県松戸市、矢切の界隈だった。若い男女の切ない恋物語。民子の淡い恋心と悲しいラストが胸を打つ。小説の中に、矢切の風景を描写した場面がある。小説の発表は一九〇六（明治三十九）年。当時、界隈はまだのどかな田園だったことが小説の描写から伺える。

茄子畑というは、椎森の下から一重の藪を通り抜けて、家より西北に当る裏の前栽畑。崖の上になっているので、利根川は勿論中川までもかすかに見え、武蔵一えんが見渡される。秩父から足柄箱根の山山、富士の高峯も見える。東京の上野の森だと云うのもそれらしく見える。

水元公園は、ＪＲ常磐線金町駅からバスで十分ほどである。小合溜井を中心にした都立の水郷公園だ。溜井とは、貯水池のこと。小合溜井の他にも、いたるところに川や沼、湿地帯などがある。東京二十三区内の公園の中では最大規模だそうだ。水元大橋から小合溜井を眺めた。都内とは思えないほど広大な水風景。溜井の彼方にメタセコイアの大きな木立群が見える。公園内は眩い新緑で溢れていた。

小合溜井は、元々、小利根川、中川の支流で、江戸川まで通じていた。江戸時代、徳川吉宗の指示により、水害防止、周辺の用水を確保するために堰き止められたという。溜井というよりは細長い湖のようである。向かい側は、埼玉県三郷市。一九六五（昭和四十）年に公園として整備された。それ以前の水風景を想像してみる。幽玄、寂寞とした光景が脳裡に浮かび上がってくる。

公園の入り口付近に、作家芝木好子の文学碑が建っている。碑には芝木の小説『葛飾の女』の一節が刻まれている。

菖蒲の咲く頃の葛飾は美しい。田園は青葉に霞んで、雲雀が鳴く。堤の桜も花見のころは人が出盛ったが、それも過ぎると、水に柳の眺めのよい季節になる。沼地の多い土地柄で、田の畔にも菖蒲が咲いた。

この散策の前に、本作品が収録された『築地川・葛飾の女』（講談社文庫）を久し振りに読み返してみた。年若い女流画家真紀の成長と苦悩が端正な筆致で描かれている。師である画家滝川清澄への思慕を捨てきれぬまま、彼女は生まれ育った下谷から葛飾にある旧家に嫁ぐ。清澄が真紀の嫁ぎ先を訪ねてくる場面がある。真紀と、夫と、清澄、三人で小合

水元公園、小合溜井

溜井に沿ってゆっくりと歩いていく。明治天皇崩御の年だ。

　堤に立つと、遠望はひらけた。葦の生えた沼地の先は見渡すかぎり水郷で、鏡のように水が湛えられている。その先は森である。道が細く水際をまわっている。葦の叢で葦切りが鳴いていた。途中の木橋の際に菖蒲が咲いている。水際をめぐっていくと、水は岸にすれすれに溢れて、川のように早く流れていく。魚の跳ねる音がする。

　真紀は、自らの苦悩に押しつぶされたまま、この溜井に入水し命を絶ってしまう。どことなく広津柳浪の『今戸心中』を彷彿させる終わり方だ。芝木は、真紀が入水する場所を探して水元にたどり着いたと「葛飾の水郷」（『美の季節』朝日新聞社・収録）というエッセイの中で回想している。作家の眼を惹き付けるものがこの水郷にはあったのだろう。

澄んだ冷たさに晒され
作家の思慮は
水の面と
しばし重なっていく

初夏は
めぐるのではない
女の鋭利な水の狭間で
螺旋を描くのだ

菖蒲の季節にはまだ少し早いが、公園内にはアヤメが咲き始めていた。水辺や湿地に似合う花だ。毎年六月になると「菖蒲まつり」が開かれる。公園に続く道に提灯が吊るされ、屋台も出る。賑やかだ。真紀の姿を想像しつつ、私も小合溜井に沿ってゆっくり歩いていく。水際に大きな鯉のぼりがはためいていた。先ほど橋から眺めたメタセコイアの木立の中に入ってみる。西陽に照らされ新緑が光っている。犬を連れている人たちが多い。水元公園にはドッグランのスペースがある。中央広場は芝生になっていて、テントを張っている人がいたり、凧を飛ばしている人がいたり、休日らしい光景だ。

公園の外れ近くで、溜井は暗渠に入る。溜井と並行して流れていた大場川、そして第二大場川が、途絶えた溜井の少し先のほうで合流し川幅を広げていく。川には中洲があり、たくさんの葦に覆われていた。そのまま、今度は大場川に沿って歩いていく。中洲近くの川原に小さな赤い鳥居がぽつりと建っていた。社はない。代わりに石碑のようなものが二つ鳥居のすぐ向こうに見える。川原に下りて見てみたかったが鉄の柵には鍵がかかっていて下りることができない。夕暮れの弱い陽ざしの中で、何とも奇妙さの募る光景である。鳥居が気にかかりつつさらに大場川に沿って歩く。ジャスミンの白い花が、隠れるように咲いている。

あたりは、もう葛飾区の外れになる。荒涼とした川の対岸に何艘かのモーターボートが見えてきた。マリーナのようだ。大場川はこの先で中川と合流する。昼間、立石近くの中川で目にしたモーターボートは、もしかしたらこのマリーナから出発したものかもしれない。発着所のところにローマ字で「OHBAGAWA　MARINA」と書かれた表示があった。突然、湘南の江ノ島付近に紛れ込んだような錯覚を覚えた。

やがて青色の水門が見えてくる。大場川と中川の合流地点である。新大場川水門と呼ばれている。日が傾いてきた。昼間は暑かったが、今は川風が心地好い。荒川から、綾瀬川、中川、江戸川、小合溜井、大場川、そして再び中川、と歩いてきた。今日はここまでである。水門近くにあったベンチに腰を下ろす。しばし中川の川風景を眺めた。

初夏の真間川

秋山
北国分
北総鉄道
矢切
武蔵野線
市川大野
国分川
東京外環自動車道
春木川
里見公園
宗左近詩碑
紫烟草舎
和洋女子大学
千葉商科大学
真間山弘法寺
亀井院
手児奈霊神堂
真間稲荷神社
真間小学校
江戸川
国府台
浮嶋弁財天
手児奈橋
桜土手公園
真間川
大柏川
白幡天神社
水木洋子邸
葛飾八幡宮
京成八幡
菅野
市川
JR総武線
江戸川
鬼越
東山魁夷記念館
法華経寺
京成中山
京成本線
東中山
本八幡
下総中山
市川市立
中央図書館
真間川
原木中山
東西線
綾瀬
曳舟川親水公園
お花茶屋公園
お花茶屋
堀切菖蒲園
堀切橋
堀切菖蒲園
元江戸川

梅雨に入った。それまで続いていた暑さが少し緩んだ感じである。今頃の雨と湿った空気は割と好きだ。情緒を掻き立てられる。詩心が湧く。

六月十一日、京成電鉄本線の堀切菖蒲園駅で下車する。雨が降りそうな、降らなそうな、微妙な空色である。乗降客は多い。堀切菖蒲園での「菖蒲まつり」が始まっている。駅前から続く通りには「堀切菖蒲まつり」と書かれた提灯がたくさん吊るされていた。菖蒲園は、駅から歩いて十分ほど、荒川土手沿いにある。川向こうの足立区側、東武スカイツリーラインにも堀切駅がある。荒川の下流は、隅田川の氾濫を防ぐために造られた人工の川だ。元々荒川放水路と呼ばれていた。放水路が堀切という一つの町を隔ててしまった。二つの堀切を堀切橋が結んでいる。

まだ朝の十時前だが、堀切菖蒲園は観光客で賑わっていた。門の横に置いてあったパンフレットを手に花菖蒲を眺める。色とりどり、たくさんの花菖蒲が瑞々しい。園内には、紫陽花、キンシバイも咲いている。花菖蒲には、それぞれに名前が付けられている。「堀切の夢」「露間の朝」「新夜の虹」「濃仙女」…、何やら詩的な味わいがある。私にも、幾つか命名させてもらえたなら、などと思いつつ色彩豊かな花を見てまわった。写真を撮る。菖蒲園の入り口近くにバス待ちの人々が並んでいた。この時期、葛飾菖蒲めぐりバスが臨時運行されているという。堀切菖蒲園から柴又帝釈天を経由し水元公園までの、いわゆる葛飾の観光コース。水元公園は先月の散策で歩いた。ここも花菖蒲の名所である。

菖蒲園を出て後、堀切の町を少し歩いた。飾り気のない下町である。路地が多い。一軒銭湯を見つけた。日の出湯。入り口に縁台があって、年配の女性がぽつんと腰を下ろしタバコを吸っていた。銭湯も近頃すっかり見かけなくなった。私の住まいの近くにも「六龍鉱泉」という古い銭湯があったのだが、昨年廃業してしまった。再び駅に続く通りに戻る。菖蒲園に向かう団体客と何組もすれ違う。年に一度、この町が華やかになる季節かもしれない。

京成電鉄で一駅移動する。お花茶屋駅。「堀切菖蒲園」「お花茶屋」と花の名が付く駅が続く。この駅も以前から気になっていた。江戸時代、八代将軍の徳川吉宗が鷹狩りに興じていた際に腹痛を起こした。その時、お花という名の茶屋の娘の看病により快気したとの言い伝えがあったという。お花さんのいた茶屋か。粋な由来である。いいですね、こうい

堀切菖蒲園

う町名の付け方。
各駅停車しか停まらない駅だが、「プロムナードお花茶屋」という庶民的な商店街、お花茶屋公園、曳舟川親水公園があり、落ち着いた雰囲気の町だ。都心にも近く、家族単位で生活するにはちょうど良さそうである。とくに曳舟川親水公園に興味を持った。細長い公園が亀有まで続いている。所々に人工の池があり、夏場は水遊びもできる。子供さんたちが喜びそうな公園だ。水遊びにはまだ少し早いが、公園内で田植えをしている人たちを見かけた。中年の男女が長靴を履き泥だらけになりながら稲を植えている。粗野な自然の感覚が、わずかにだがよみがえってきた。公園に沿ってゆっくり歩いていく。亀有までは歩けない。盛夏の頃の再訪を期待しつつ、途中で公園を引き返した。

京成電鉄で江戸川を渡ると、千葉県市川市に入る。川は上流に向かって左に緩くカーブしている。市川市側は高台になっていて、木立が鬱蒼と茂っているのが電車から見える。国府台である。国府台駅で下車し、江戸川べりに出てみた。先ほど電車から見た深い木立が松戸方面に伸びている。向かいの東京都側は広い河川敷だ。国府台にはかつて下総国の国府が置かれ、中世にも国府台城が置かれるなど歴史のある地域だという。明治時代以降は大日本帝国陸軍の施設が置かれた。古くは「鴻之台」とも書かれた。城跡は整備され里見公園になっている。

川に沿った松戸街道の上り坂を里見公園に向かって歩いていく。街道を挟んで、和洋女子大学、和洋国府台女子高校、千葉商科大学、筑波大学付属聴覚特別支援学校、県立国府台高校、東京医科歯科大学、が連なっている。文教地区だ。これらのキャンパスを抜けた先に、公園があった。

里見公園のある高台は、歌川広重の『名所江戸百景』でも描かれている。絵のほうは、高台というよりほとんど崖である。崖上から川と江戸の町が遠望できる。スリル感たっぷりだ。公園の中ほどにバラ園があった。ご夫婦らしき初老の男女がベンチに腰掛けのんびりと薔薇を眺めている。赤、ピンク、黄色、クリーム色の花弁がきれいである。ここは桜の名所でもあるらしい。花見広場へ向かう道の途中に「紫烟草舎」がある、詩人北原白秋が住んだ旧居である。といっても、国府台に住んでいたわけではなく、小岩にあった旧居をこの地に移したものだ。素朴な感じの日本家屋である。斜め向かいには城の石垣が残っている。その少し先に、やはり詩人宗左近の詩碑が建っていた。宗は福岡県北九州市の出身であるが、一九七八（昭和五十三）年から市川に住んだ。市川市の名誉市民でもある。碑には、宗の作詞した、市川讃歌「透明の蕊の蕊」の歌詞が刻まれている。

曙　いま　世界が垂直／市川　蕊の蕊の透明／はばたく　虹の風たち

すでにお昼を過ぎている。バラ園のところまで戻ると、売店のような建物が見えた。里見茶屋と書かれている。食堂ではないが、飲み物の他に食べるものも売っているようだ。焼きそば、コロッケサンドを注文したら、若い女性の店員さんだったが、その場で熱々のコロッケサンドを作ってくれた。ペットボトルの緑茶も一緒に購入して、すぐ近くにあるベンチで昼食をとる。手作りのコロッケサンドがとても美味しい。テントを張っている母子連れがいた。兄と妹、共にまだ幼い。二人ではしゃぎながらシロツメクサを摘んでいる。
国府台駅近くまで戻り、今度は真間川に沿って歩いていく。真間川は、江戸川から分岐し、主に市川市の北部を流れている。作家の永井荷風は、戦後長く市川市の真間川周辺に住んだ。麻布の自宅を戦火で失い、中野区住吉町（現東中野）、明石、岡山、熱海、と知り合いを頼り疎開して後、市川に辿り着く。最初は仮住まいと考えていたようだが、結局他界する一九五九（昭和三十四）年まで市川に住み続けた。戦後に書かれた「葛飾土産」と題する随筆に、こんなくだりがある。

菅野に移り住んでわたくしは早くも二度目の春に逢おうとしている。わたくしは今心待ちに梅の蕾の綻びるのを待っているのだ。
去年の春、初めて人家の庭、また農家の垣に梅花の咲いているのを見て喜んだのは、わたくしの身に取っては全く予想の外にあったが故である。戦災の後、東京からさして遠くもない市川の町の附近に、むかしの向嶋を思出させるような好風景の残っていたのを知ったのは、全く思い掛けない仕合せであった。

「葛飾土産」は、真間川に沿って子供のようにどこまでも歩いていく様子が小気味よく描

手児奈霊神堂

かれている。散策好きな荷風の魅力が溢れる好随筆だ。川を散策する彼の姿を撮った写真が幾枚か残されている。現在はコンクリートの護岸になってしまったが、当時は長閑な川の流れと田園風景が広がっていた。このあたり、かつて江戸の旦那衆の妾宅があったそうだ。川の周辺は落ち着いた佇まいの古いお宅が多い。春は桜がきれいだという。

入江橋のところを左に折れ、真間の継橋を渡ると、突き当たりが真間山弘法寺、右に手児奈霊神堂に続く参道がある。弘法寺の本堂は石段を上がった小高い山の上にある。仁王門から市川の市街地が見渡せた。門の横の空き地に、ドクダミの花が咲き乱れていた。平安時代から続く日蓮宗のお寺である。広い境内の片隅に伏姫桜と呼ばれるしだれ桜の樹が立っている。樹齢四百年だという。来年の春は、真間川沿いの桜と共にぜひ拝んでみたいしだれ桜だ。この山は先ほど歩いた国府台まで続いている。

石段を下り、手児奈霊神堂に向かった。手児奈伝説をご存じの方は多いのではないか。奈良時代、真間に手児奈という娘がいた。とても美しい娘さんだった。多くの男性から求婚を受けたが、それが重荷となり、苦悩の末、彼女は海に身を投げてしまう。薄幸だった娘を祀ったお堂である。良縁、安産、健児育成の守護神として信仰を集めている。地元では身近な女神なのだろう。万葉集の中に、手児奈のことを詠んだ高橋虫麻呂の歌がある。

葛飾の　真間の井見れば　立ち平し　水汲ましけむ　手児奈し思ほゆ

手水舎には、牡丹だろうか、色とりどりの花が飾られ、その後ろにお地蔵さまが建っている。優しい表情だ。手児奈さんの姿を思い浮かべてみた。

池を挟んですぐ右側に真間稲荷神社がある。左側は、道を挟んで亀井院。このお寺の裏手に「真間之井」が残されている。手児奈がこの井戸でよく水を汲んだと言い伝えられている井戸である。先ほどの高橋虫麻呂の歌にも登場する。亀井院は、真間山弘法寺の貫主の隠居所として建てられた。一九一六（大正五）年の一時期、北原白秋が夫妻でこの寺に住んでいたそうである。その後、里見公園で見た小岩の「紫烟草舎」に移った。井戸には小さな注連縄が掛けられていた。

真間小学校の横を過ぎ真間川を渡る。橋名は、手児奈橋。渡ってすぐのところに浮嶋弁財天というお堂がある。下流に向かって歩いていくと、やがて斜め右に折れる遊歩道が見えてくる。桜土手公園という細長い公園である。文学の道とも呼ばれている。市川は、作家、詩人、俳人、歌人、文学とゆかりの深い街だ。遊歩道には、それらの人たちを紹介した掲示板がたくさん並んでいる。幸田露伴、北原白秋、永井荷風、水木洋子、水木は日本映画の黄金期に活躍した脚本家である。宗左近、井上ひさし、井上は山形県出身だが一九六七（昭和四十二）年から二十年間市川に住んだ。中野孝次、山本夏彦、山本は『週刊新潮』に連載していた辛口コラムを懐かしく思い出す。日本画家の東山魁夷も戦後長く市川に住んだ。二〇一八（平成三十）年に、六本木の国立新美術館で開催された東山魁夷展を観に行ったことがある。立派な展覧会だった。

市川真間駅から京成電鉄で二駅移動する。京成八幡駅で下車。駅前に山本書店という古書店がある。時々覗くお店だ。文芸関係の本が充実している。江藤淳の評論集『荷風散策―紅茶のあとさき』（新潮社）を見つけた。この本はまだ読んでいなかった。買ってしまおう。

『下町酒場巡礼』（ちくま文庫）も見つける。単行本版では持っているのだが、これも買ってしまおう。…何だかな。こうやって本が増えていく。

八幡は、荷風の終の棲家があった町である。彼は市川で四度住まいを変えている。最終的に京成八幡駅からほど近い家に落ち着いた。前述した通り一九五九（昭和三十四）年にこの家で他界している。没後は、養子の永井永光氏が家族でこの家に移り住み、荷風の、家屋、遺品などの管理にあたった。荷風に子供？　と思われるかもしれないが、名義上の養子縁組だけで実際に同居していたわけではなかった。永光氏は、正確には荷風の母方の従弟（杵屋五叟・大島一雄）の息子である。荷風は実弟と折り合いが悪かった。独身ということもあり、自分の遺産が没後実弟に渡るのを嫌った。それで半ば強制的な縁組だったようだ。当時のことは、永光氏の著書『父荷風』（白水社）に詳しい。二〇一二（平成二十四）年に荷風と同じ七十九歳で他界している。

永光氏が住んでいた頃の荷風邸は、幾度か外から見かけたことがある。この日、久し振りに訪ねたら、家屋は無くなり新しいお宅に変わっていた。玄関のところだけ当時の面影が少し残っていたが。

京成八幡駅から続く商店街「京成八幡商美会」には、「荷風ノ散歩道・商美会ロード」と書かれたビニールの旗が幾つも掛けられている。この商店街を抜けた先に、白幡天神社がある。荷風日記『断腸亭日乗』にも登場する。境内には荷風の文学碑が建てられ、「松しける　生垣つゞき花かをる　菅野はげにもうつくしき里」という歌が刻まれている。若いお母さんらしき女性が娘さんと一緒に参拝をしていた。その後に、私もゆっくり手を合わせた。

八幡の地名の由来となった葛飾八幡宮は、京成八幡駅の線路近くにある。下総の国の総鎮守。武神として、平将門、源頼朝、太田道灌、徳川家康、などの武将たちから信仰されていた。境内が賑わっている。祭礼というわけではなさそうだ。若い人たちを中心にたくさんの露店が出ていた。古着、雑貨、陶器類、アクセサリー、食のお店も出ている。アルコール類を置いているお店で、日本酒を一杯頂いた。お店の人に尋ねてみると、ボロ市だという。偶数月の第二土曜日に開催されているそうだ。そういえば、今日は六月十一日、第二土曜日である。「ニューボロイチ」ですよ、と彼女は笑顔を見せた。参拝の前にほろ酔いになってしまった。ふわふわしつつ、本殿に向かう。傍らからビートルズの「Let It Be」が聴こえてくる。BGM係だろうか。音響はレコードだった。

京成電鉄の線路に沿い鬼越駅方向に歩いていく。途中で再び真間川が見えてくる。線路から離れ真間川を遡るように住宅街に入った路地の先に、一軒の古いお宅がある。水木洋子邸だ。戦後の日本映画を代表する脚本家である。『また逢う日まで』『ひめゆりの塔』『浮雲』『キクとイサム』などの脚本を手掛けた。水木は、一九四七（昭和二十二）年からご母堂と共に市川市に移り住んだ。没後、自宅や著作資料は全て市川市に寄贈され、二〇〇四（平成十六）年より水木邸の一般公開が始まったという。

水木というと、私個人は成瀬巳喜男監督作品を思い出す。成瀬は好きな映画監督で戦後の作品はだいたい観ている。『驟雨』『山の音』『浮雲』『あにいもうと』『おかあさん』といった成瀬の代表作品の脚本を水木は担当している。『浮雲』の高峰秀子と森雅之の温泉場での艶っぽい場面が久し振りに脳裡によみがえってきた。三十代の半ば頃、一時古い日本映画に傾倒し、銀座の並木座や早稲田のＡＣＴミニシアターに入り浸っていた。小津安二郎、溝口健二、黒澤明、成瀬巳喜男、川島雄三、豊田四郎、といった監督の作品を浴びるように観ていた。「脚本・水木洋子」のテロップはそれらの映画で多く目にしている。

水木邸には二人の案内係の方がいらした。ご夫婦だろうか、年配の男女だ。おそらく水木が脚本を書いた映画をリアルタイムで観ていた世代だろう。後で知ったことだが、「水木洋子市民サポーターの会」というのがあり、会員の方々が水木邸の案内や映画の自主上映会などを担当しているようである。会員には著名人も多く加入されているという。

男性の案内係の方が、邸内を丁寧に案内してくれた。ゆったりとした日本家屋である。居間の和室と書斎部屋がすばらしい。掘り炬燵式の机からは、広い庭が見渡せる。原稿を書いたり思索に耽るには持ってこいの書斎だ。庭には四季折々の花が咲くという。見学させてもらった。梔子、紫陽花が盛りを迎えていた。あたりは端正な住宅街である。和室の片隅に作家の川端康成と一緒に写った水木の写真が飾られていた。彼女は、川端の『山の音』という小説の映画脚本を書いている。そのご縁であろうか。

「水木の映画は観られましたか？」

男性が尋ねてきた。

「はい、成瀬巳喜男監督の映画が好きなんです。成瀬作品の脚本をたくさん書かれていますね。水木さんは、小説はお書きにはならなかったのですか」

「小説はありませんね。映画やお芝居、テレビドラマの脚本一筋でした」

一部の原稿資料を除き、ほとんどの資料を、没後、市川市立中央図書館に寄贈したという。中央図書館は、以前永井荷風展が開かれた時訪ねたことがある。瀟洒な図書館だった。まだ少し時間がある。水木邸を失礼した後、図書館を久し振りに訪ねてみることにした。ここからだったら徒歩圏内だ。

短い結婚生活を経て

筆一本で食べていこう

脚本は
彼女に吉であったか
現実であったか

脚本は建築であると
かつて読んだことがある
そこが小説と異なる
土台が大事なのだ
彼女は元夫をどう見据えたか

「メディアパーク市川」の一階に市川市中央図書館が入っている。図書館の他に、教育センター、文学ミュージアムも併設されている。図書館の蔵書は七十万冊を超えるそうだ。私の住んでいる台東区にも、台東区立中央図書館という大きな図書館がある。こういう施設は、本好きな人間には嬉しい。

二階にある文学ミュージアムには、市川市とゆかりの深い文化人たちの功績が「小説」「詩歌」「演劇」「映画」「文芸」の五つのコーナーに分かれ、展示、解説されていた。映画は主に先ほど訪ねた水木洋子を特集している。以前訪ねた時は「永井荷風展」を観ることで頭がいっぱいでこちらのミュージアムのほうはおざなりになってしまった。売店で小冊子『水木洋子の暮らした家と昭和の道具たち』『水木洋子邸の春夏秋冬』を見つけ、購入する。水木邸の庭の花風景が四季ごとに紹介されている。豊かな庭だった。機会があれば、春と秋にも訪ねてみたい。

市川市内には、東山魁夷記念館がある。京成中山駅から歩いて十分ほどのところだが、あいにく展示室改修工事のため現在展示室内には入れない。中山は、法華経寺の門前町でもある。正式には、日蓮宗大本山正中山法華経寺。京成中山駅前から参道が続いている。総門、仁王門を経て、本堂である祖師堂へ向かう。ここは江戸三大鬼子母神のひとつだ。雑司ヶ谷鬼子母神堂、入谷の真源寺鬼子母神、そして中山法華経寺。祖師堂も改修工事のためお堂全体がビニールシートで覆われ、外観を見ることができなかった。すぐ向かいに、五重塔がある。立派な塔だ。祖師堂と共に国の重要文化財に指定されている。

境内には龍王池があり、蓮の葉が浮かんでいる。池のほとりに花菖蒲が咲いていた。東山魁夷記念館への道案内が記された掲示板があった。法華経寺とセットで観光コースになっているようだ。日蓮と、東山魁夷。生きた時代は異なるが、お二人が対峙したら迫力がありそうである。

　さらに京成電鉄で京成船橋駅に出る。今日の最終目的地である。といっても文学散歩や史跡巡りではない。飲みに来ました。習志野に友人がいて、コロナ禍前は友人と時々船橋でお酒をご一緒していた。友人曰く、船橋は元々港町で、魚が美味しく、よい居酒屋がたくさんあるという。幾つかお店を教えてもらった。「加賀屋」に入ってみた。今日はひとりだ。

　コロナはまだ収束していない。でも飲み屋街はだいぶ活気が戻ってきていた。午後六時前だが、加賀屋にはけっこうお客が入っている。マグロのお刺身を肴に冷たい日本酒を頂いた。雨は、降りそうで、結局降らなかった。カウンター席はもう満席だ。

都心、でこぼこ散策

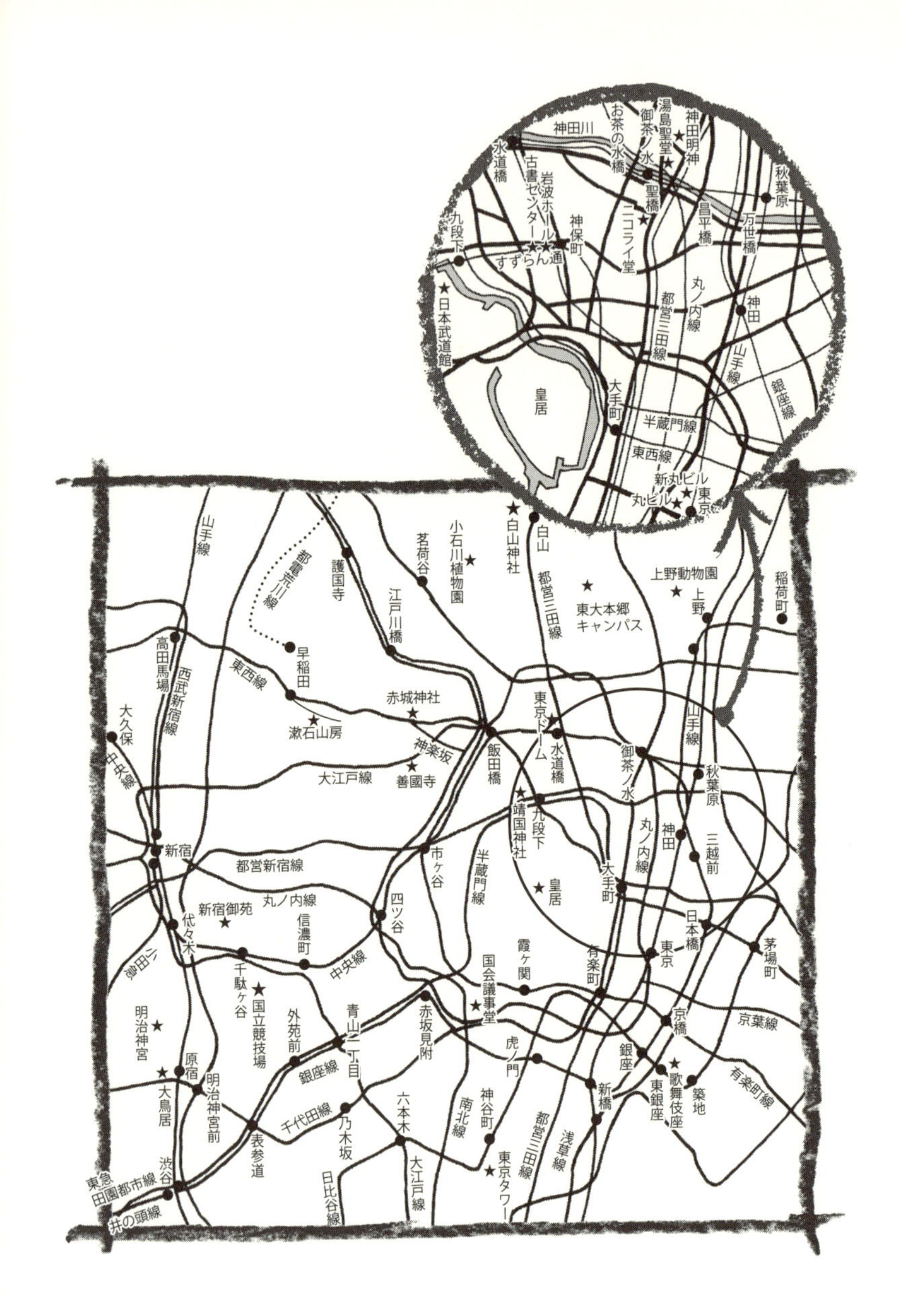
神田明神
湯島聖堂
御茶ノ水
お茶の水橋
神田川
水道橋
古書センター
岩波ホール
聖橋
ニコライ堂
秋葉原
昌平橋
万世橋
九段下
神保町
すずらん通
日本武道館
丸ノ内線
都営三田線
神田
山手線
銀座線
皇居
大手町
半蔵門線
東西線
新丸ビル
丸ビル
東京
山手線
都電荒川線
護国寺
茗荷谷
小石川植物園
白山神社
白山
都営三田線
東大本郷キャンパス
上野動物園
上野
稲荷町
江戸川橋
早稲田
高田馬場
西武新宿線
東西線
赤城神社
漱石山房
東京ドーム
水道橋
大久保
中央線
神楽坂
飯田橋
大江戸線
善國寺
御茶ノ水
秋葉原
山手線
靖国神社
九段下
丸ノ内線
神田
三越前
新宿
都営新宿線
市ヶ谷
半蔵門線
皇居
大手町
新宿御苑
丸ノ内線
信濃町
四ツ谷
代々木
日本橋
茅場町
東京
有楽町
霞ヶ関
国会議事堂
千駄ヶ谷
国立競技場
中央線
明治神宮
外苑前
青山一丁目
赤坂見附
京橋
京葉線
虎ノ門
銀座
歌舞伎座
築地
有楽町線
原宿
大鳥居
明治神宮前
銀座線
千代田線
乃木坂
六本木
神谷町
南北線
新橋
東銀座
都営三田線
浅草線
表参道
東京タワー
大江戸線
日比谷線
渋谷
東急田園都市線
井の頭線

七月十八日、JR東京駅丸の内中央口に降り立った。丸の内中央口も近年高層ビルディングがめっきり増え圧倒される。駅前から皇居前広場方面を眺めてみた。

昔の丸の内口を思い出していた。一九八〇年代の初頭頃、勤め先が水道橋にあり、午後になると丸の内口近くにある銀行に通うのが私の日課となっていた。当時は、高層ビルといったら東京海上火災保険のビルくらいで、駅前は丸の内ビルヂング（丸ビル）、新丸の内ビルヂング（新丸ビル）をはじめとしてゆったりとした雰囲気だった。現在は、高層ビルに遮られ東京海上ビルも見えにくくなってしまった。このビルも近く解体されるという。

当時、JR水道橋駅前にあった書店で、石垣りんの第三詩集『略歴』（花神社）を見つけ購入した。初版が一九七九年となっていたので、発売後三年ほど経っていたろうか。私が初めてしっかりと読んだ石垣の詩集だった。彼女は丸の内にある大手銀行に長く勤めながら、詩を書いていた。もっとも、この詩集の頃はすでに定年退職し、雪谷にあるマンションで一人暮らしを始めていた頃だろうか。「わたくしをそそぐ」という詩の中に印象的なフレーズがある。

あの行かなければならない／へんてこな海／日本をことごとく取り巻く／カイシャ　へ

私も社会人になって数年が経っていたが、まだ自分がこれからどうしたいのか迷っていた時期だったと記憶している。とりあえず「詩」にしがみ付いていた。社会の中で、自分はやっていけるのか？　定年を過ぎ、雇用切り替えで嘱託になった現在、当時を振り返ると何とも不思議な感慨を覚える。結局、私は「長谷川忍」以外の何者でもなかった。石垣も、養うべき家族を抱え、独身で、銀行勤めをしながらしがみ付くように詩を書いていた。生きた時代は異なるが、もしかしたら、彼女のその姿勢に、当時若年ながら勝手な共感を抱いていたのかもしれない。丸の内を歩くと、いつもその頃のことを思い出す。

今回は、JR中央線に沿って、時に沿線をはみ出しながら歩く。といっても、神田駅から代々木駅までである。都心、いわゆるJR山手線の内側で、山手線を除き地上を走っている路線は、中央線と、東京メトロ丸ノ内線の一部区間だけである。中央線は、JR新宿駅を境にして、車窓風景も街の雰囲気もがらりと変わる。とくに神田から代々木までの沿線風景は変化に富み面白い。

　東京駅からスタート。すぐ次の神田駅で下車する。中央線は神田駅を過ぎて、山手線、京浜東北線、上野東京ラインの各路線から離れ、左にゆるりとカーブしていく。神田駅から御茶ノ水駅までのガード下は、赤レンガ造りで異国風の情緒がある。ガード下に沿って歩き始め、すぐにくじけてしまった。今日は暑いのである。まだ午前十一時前だが、すでに三十度を超えている。今年は梅雨明けが異様に早かった（関東甲信越は六月二十七日が梅雨明けだった）。予定をしているコースを歩ききれるか、不安である。

　中央線は、万世橋のところから神田川に沿って走っていく。万世橋の上から神田川に沿って線路のガード下を眺める。ここも赤レンガの優雅な造りだ。万世橋駅跡である。中央線は、元々、万世橋駅が始発駅だった。駅だった場所のガード下には、洒落たカフェや雑貨のお店が入っている。周辺はどことなく欧州の街並みを彷彿させる。駅のホームのあった場所に、「白金魚（プラチナフィッシュ）」というカフェレストランがあった。行き交う中央線の電車を眺めながら食事ができる。ビールやワインも飲める。残念ながらこの日は満席で、一時間ほど待つ、とスタッフの女性が申し訳なさそうに応対してくれた。涼んでいこうと思っていたが、残念。祝日（海の日）だし、仕方がないか。

中央線は、昌平橋付近で千葉方面からの総武線と合流する。線路に沿って淡路坂を上がっていく。沿道にピンクのサルスベリが咲いていた。坂を上がりきると、神田川に架かる聖橋。その先にＪＲ御茶ノ水駅がある。御茶ノ水駅は、現在バリアフリー工事中である。二〇一九（平成三十一）年から工事が始まりもう四年目に入る。渓谷の下に駅があるので、工事も大変そうだ。聖橋から秋葉原方面を眺めた。中央線の快速と総武線の各駅停車の電車が、近づき、また離れていく。私の世代だと、さだまさしの「檸檬」という曲を思い出す。高校生の頃、この橋の上から檸檬を放ったことがあった（曲の歌詞をご参照ください）。橋を渡りきると、右手に湯島聖堂が見えてくる。この聖堂もさだの「檸檬」の歌詞に登場する。久し振りに入ってみた。都心とは思えぬほど木立が深い。濃い青の立派な建物である。江戸幕府五代将軍徳川綱吉によって建てられた孔子廟であり、後に幕府直轄の学問所となった。このあたりは、江戸の昔から学生街なのである。道を挟んだ向かい側には東京医科歯科大学のキャンパスがある。

聖橋のすぐ下を東京メトロ丸ノ内線の赤い電車が過ぎていく。神田川を渡る時だけ、丸ノ内線は地上に出て、川を渡り、再びトンネルに潜っていく。前述したように神田川のこのあたりは渓谷になっている。都心は、けっこうでこぼこなのである。この丸ノ内線の光景を眺めると、十代の頃読んだ川西蘭の『春一番が吹くまで』（河出書房新社）という小説を

万世橋駅跡

思い出す。川西のデビュー作である。予備校の夏期講習のため上京した主人公の少年と予備校で出会った少女とのひと夏の恋が瑞々しく描かれている。小説のラスト、少女（ユウコ）が彼に呟く。


「ここから地下鉄がちょっとだけ見えるのね。だから、あなた、ここに立って見送ってくれない」

「どうして」

「どうしても」

「分かった。こうやって馬鹿みたいに突っ立っとくよ」（略）

数分もしないうちに、ユウコを乗せた赤い電車は、黒いトンネルに飲み込まれて行った。

初版は、一九七九年。川西は私より一つ歳上である。小説の発表当時、彼は十九歳。この小説を読んだ時の瑞々しい驚きは、今でもはっきり覚えている。文芸評論家の江藤淳が、日本のラディゲと川西を評していた。その後、『空で逢うとき』『はじまりは朝』『パイレーツによろしく』『妖精物語』『ブローティガンと彼女の黒いマフラー』『聖バレンタイン音楽堂の黄昏』と読み進めていった。とくに『パイレーツによろしく』は、若さゆえの斬新さと残酷さを透明感のある文体で描き惹かれた。中沢けいと共に、同世代の若手作家として新作を追いかけていた。二十代の頃である。中沢作品も一九七八年のデビュー作『海を感じる時』（講談社）から、『野ぶどうを摘む』『女ともだち』『ひとりでいるよ一羽の鳥が』『水平線上にて』『静謐の日』と読み進めていった。ちなみに、『海を感じる時』も中沢の十代の時の作品である。川西と中沢は同学年。作風はかなり異なるが、二人とも気になる存在だった。最近になって、川西が浄土真宗のお寺の僧侶になったことを知り、びっくりした。

お茶の水橋のほうに出て、橋の上から聖橋の方向を眺める。景観のよい場所なのだが、バリアフリー工事のため神田川も半分くらい塞がれ、窮屈そうである。その神田川を観光船が流れていく。神田川でこういう船を見かけるのは初めてだ。祝日用の臨時運行かもしれない。それにしても、…暑い。駿河台下の交差点に下りていくまで、二度、コンビニエンスストアーに入り、涼んだ。コンビニは冷房が強く効いているので助かる。

神保町も、一時期に比べると訪ねる回数が減った。以前は定期的に古書店を覗いていたが、最近は、古書もネットで購入することが増えている。たしかに便利にはなった。でも、反面味気ない。三省堂書店が建て替えのため閉店していて、ちょっと寂しい。神保町のシンボル的な建物だった。ここは詩集のコーナーが充実していた。すずらん通りにある東京堂書店を覗いてみる。店内にカフェが併設され、瀟洒な造りになった。『左川ちか全集』（書肆侃侃房）、『美しい記憶―芝木好子アンソロジー』（未知谷）を購入する。芝木のアンソロジーが出ていることは知らなかった。今日の収穫である。こういうのが書店巡りの妙だろう。

すずらん通りで昼食を済ませ、さらに古書店を巡る。小宮山書店。以前は文芸関連の著書が多かったが、しばらくご無沙汰しているうちに品揃えが変わっていた。アート関連が多くなっていて驚く。一誠堂書店。老舗だ。ここは、文学、演芸、映画関係などが充実している。大雲堂書店。『荷風随筆』（岩波書店・全五巻）はここで見つけ購入した。神保町交差点を渡り、神田古書センターを覗く。神吉拓郎の短編集『洋食セーヌ軒』（新潮社）はここで見つけた。ずっと探していた本だったので、見つけた時は本当に嬉しかった。そして、矢口書店。ずいぶんお世話になっている古書店だ。映画、演劇、テレビドラマ等のシナリオ本を中心に扱っている。子供の頃から、「劇」を本で読むのが好きだった。高じて、二十代頃から、シナリオ本を読むようになった。テレビドラマのシナリオが多かった。向田邦子、倉本聰、山田太一、市川森一、早坂暁、といった脚本家のシナリオ本はだいたいここで揃えた。早坂暁のシナリオ集『よだかの星―わが子よ、賢治』(河出書房新社)を見つけ購入する。初版は一九九六(平成八)年となっている。宮沢賢治の童話を脚色したものだ。小説や詩に文体があるように、シナリオにも文体がある。それに気づいたのは、ドラマをシナリオで「読む」ようになってからだ。とくに倉本聰の文体に惹かれた。ト書きの部分も含め、リズミカルで、テンポが詩的なのである。この人のシナリオは「詩」だなと思ったものだ。

再び神保町交差点まで戻る。岩波神保町ビルを覗く。「岩波ホール」での上映は、いよいよ今月末までである。現在上映中の『歩いて見た世界―ブルース・チャトウィンの足跡』が最後の作品となる。ここもお世話になった映画館だ。ミニシアターの草分け的な映画館だった。上映作品で強く印象に残っているのは、小栗康平監督の『伽倻子のために』(一九八四(昭和五十九)年公開)。在日朝鮮人作家、李恢成の同名小説を映画化した作品だった。在日韓国人青年と日本人の少女との出会いと別れを描いていた。原作の小説は社会性を前面に打ち出していたが、映画では、社会性を抑え、二人の心象に焦点を当てていた。小栗は、この作品に限らず、詩的な映像作りを得意とする監督である。この映画も佳いシーンがたくさんあった。

映画公開の同年に、全斗煥大統領が韓国の大統領として初めて日本を公式訪問している。晩餐会での昭和天皇との会食のニュース映像は、今でもよく覚えている。『伽倻子のために』を観たきっかけは何だったか、記憶は曖昧だが、全大統領の来日もきっかけの一つだったかもしれない。この映画のビデオ、ＤＶＤは、諸事情があって、その後、発売もレンタルもされていない。当時の映画プログラムが手元に残っているのみだ。

神保町駅から、都営地下鉄三田線で白山駅に出た。白山は久し振りだ。この駅から歩いて十分ほどのところに東大小石川植物園がある。正式名称は、東京大学大学院理学系研究科附属植物園。贔屓にしている植物園である。新緑や晩秋の頃によく訪ねるが、今の時期は初めてだ。その前に白山神社に参拝をした。白山は、坂の町だ。…それにしても、暑い。ふらふらになりながら神社脇の石段を下り、白山通りに出る。

千駄木から白山のあたりを歩いていると、西條奈加の連作小説『心淋(うら)し川』（集英社）を思い出す。二〇二一年度の直木賞受賞作品である。西條の名をこの小説で初めて知った。江戸の昔のこの界隈を舞台にした情味のある作品世界だった。江戸と現代を比べること自体野暮ではあるが、それはさておき、今でも読み返す小説である。どの作品にも普遍的な説得力がある。とくに「閨仏」がいい。艶っぽい話である。

白山下の交差点を渡り、小さな山を一つ越えた先に植物園がある。炎天下。それでも園内には幾人かの散策客がいた。暑いなあ…。売店でソフトクリームを売っていたので、購入し、身体を冷やす。その後自販機で冷えた緑茶のペットボトルを購入。さらに身体を冷やす。汗をかく。洗面所で顔を洗う。小さな、オレンジ色の花を見かけた。初めて見る花だ。フシグロセンノウと表記されている。ナデシコ科の花だ。日日草に少し似ている。暑さに辟易とするが、緑陰に入ると少しだが心地がよい。陽の光が緑の葉を通してきらきらと輝いている。都心にいることを一瞬忘れてしまうようだ。全身が、まるで緑色に染まったような錯覚を覚える。

植物園の高台にある東屋から、文京区の街が見渡せた。植物園はなだらかな斜面になっていて、斜面の下には幾つかの池が散在している。水を眺めると、気持ちが落ち着く。今の時期はそうなのか、園内では花をあまり見かけなかった。池の脇の遊歩道に、枯れかけたカンナの花がうなだれている。時計を見ると、午後三時を少しまわっている。この後、神楽坂方面に向かう予定でいたのだが、暑さで体力を消耗してしまった。ここから先の予定は、日を改める。汗を拭いつつ、帰途についた。

七月三十日、お昼前、ＪＲ飯田橋駅西口改札を出る。すでに気温三十度を超えている。前回の散歩の時より暑いかもしれない。外堀通りを渡ると、すぐ神楽坂通りの坂道が早稲田方面に向かって続いている。ドラッグストアーを見つけ、しばらく店内で涼んだ。

神楽坂は、坂に沿った路地の町だ。神楽坂通りを中心にして通りの左右に粋な小路が幾つか続く。路地も多い。台東区の谷中同様、歩いていて楽しい界隈である。急な坂道を上がっていくと、左側に赤いお堂が見えてくる。善國寺。神楽坂の毘沙門様といったほうが分かりやすいかもしれない。厄除け、商売繁盛、金運などのご利益があるという。参拝をする。夏目漱石の小説『坊ちゃん』にさらりと神楽坂の描写がある。

それから学校の門を出て、すぐ宿へ帰ろうと思ったが、帰ったって仕方がないから、少し町を散歩してやろうと思って、無暗に足の向く方をあるき散らした。県庁も見た。古い前世紀の建築である。兵営も見た。麻布の聯隊より立派でない。大通りも見た。神楽坂を半分に狭くしたぐらいな道幅で町並はあれより落ちる。

松山と東京を少々意地悪に比較している。神楽坂通りを抜けた早稲田南町に、かつて漱石は住んでいた。跡地は現在「漱石山房記念館」となっている。一九一六（大正五）年に他界するまでの九年間、彼はこの家で過ごした。山房記念館は一度訪ねたことがある。漱石の書斎が当時のまま再現されていた。神楽坂というと、個人的には倉本聰脚本のテレビドラマ『拝啓、父上様』を思い出す。倉本のかつての『前略おふくろ様』の平成版といった感じのドラマだった。二宮和也、黒木メイサ、高島礼子、梅宮辰夫、八千草薫らが演じた。東京を舞台にした倉本の人情劇をもう一度見てみたいと常々思っていたので、このドラマは嬉しかった。シナリオ本を購入し、まず本で読んでから、ドラマを見た。倉本の書く台詞は面白い。根っからの劇作家なのだろう。神楽坂がシックな感じに撮られていた。

さらに早稲田方面に向かって歩いていく。東京メトロ神楽坂駅の手前を右に折れると、赤城神社がある。二〇一〇（平成二十二）年に社殿が建て替えられ、瀟洒な感じになった。二〇〇七（平成十九）年まで、この神社のすぐ近くに神楽坂エミールという都の会館があった。「詩と思想研究会」の会場として長く利用していた会館である。この界隈は、そういう意味で研究会の「聖地」でもある。現在は、赤城生涯学習館、早稲田にある早稲田奉仕園を会場として利用している。赤城神社内にある「あかぎカフェ」に入り、しばらく涼む。私の斜め向かいの席で、巫女姿の若い女性が少し遅めの昼食をとっていた。

再び飯田橋駅前まで戻り、今度は外堀通りに沿って市ヶ谷方面に歩いていく。飯田橋駅

新見附橋より外濠を眺める

を出て市ヶ谷駅の少し先まで、線路に沿って外濠が続いている。中央線の車窓からはよく眺めるのだが、今日はゆっくり歩いてみよう。どことなく川のようにも見える。周りの木立の影響なのか、水は鮮やかな緑色に染まっている。その向こうを中央線の電車がひっきりなしに走り抜けていく。途中、新見附橋で濠を渡る。飯田橋から新見附橋までを、牛込濠。新見附橋から市ヶ谷駅前の市ヶ谷橋までを、新見附濠。その先が、市ヶ谷濠と呼ばれているそうだ。橋から市ヶ谷方面を眺める。右に緩く湾曲した濠と中央線の線路、電車が見渡せる。ここは、都心の中でも好きな風景だ。このあたりを背景にして、詩を書いたことがある。

車窓から
暮れていく街を眺めた
電車は外濠に沿って
速度を上げていく

詩友に見せてもらった
自作詩の一篇を
思い出していた

言葉から湧き立つ
花々の奇妙な瘡蓋を
この街の底に置いていこう

ＪＲ市ヶ谷駅から再び中央線の各駅停車に乗る。次のＪＲ四ツ谷駅は不思議な駅だ。ＪＲ線のホームの上に東京メトロ丸ノ内線のホームがある。四ツ谷付近でも丸の内線は地上に姿を現す。この地下鉄は浅い地下を走っているので、ところどころで地上に出る。それだけ、東京の都心はでこぼこなのだ。ＪＲ御茶ノ水駅のあたりもそうだが、中央線（とくに神田駅から代々木駅まで）に乗っていると、それを実感する。四ツ谷駅を過ぎ、電車はまもなくトンネルに入る。信濃町駅、千駄ヶ谷駅、千駄ヶ谷では車窓から新宿御苑が見える。このあたりも坂が多い。やがて左側から、ＪＲ山手線、湘南新宿ライン、埼京線が近づき、ＪＲ代々木駅の手前で中央線と合流する。

代々木駅で、山手線に乗り換え、次の原宿駅で下車。二年前に駅舎が新しく建て替えられ、駅の雰囲気もずいぶん変わった。三角屋根の旧駅舎を懐かしく思い出す。駅の西口を出ると、明治神宮の大きな鳥居、そしてゆったりとした森が広がっている。明治神宮を訪ねるのは、実は初めてである。鳥居に一礼し、木々に囲まれた参道をゆっくり歩いていく。森閑とした空気に包まれる。都心は、意外と緑が多い。皇居周辺をはじめ、神宮の森、代々木公園、新宿御苑、有栖川宮記念公園、東大小石川植物園、上野の森など。谷中や、雑司ヶ谷、染井の都営霊園も緑が豊かだ。

明治神宮は、明治天皇と昭憲皇太后を祀った神社である。初詣は、例年日本一の参拝者数を集める。私にとって、これまで灯台下暗し的な神社であった。南参道と呼ばれる参道をしばらく歩くと、左側に、再び鳥居が見えてくる。一礼し、正参道を進む。右に折れると、もう一つ鳥居があり、その先に本殿がある。立派な社である。三つ目の鳥居に一礼し、本殿に参拝する。ようやくほっとする。ここまでのコースを七月十八日に歩く予定でいたのだが、猛暑にくじけ、二日がかりとなってしまった。

鳥居の前では、ほとんどの人たちが一礼をしていた。つられるように、海外からの参拝客も、たどたどしく頭を下げている。私も、再び一礼し、本殿を後にした。

池之端界隈

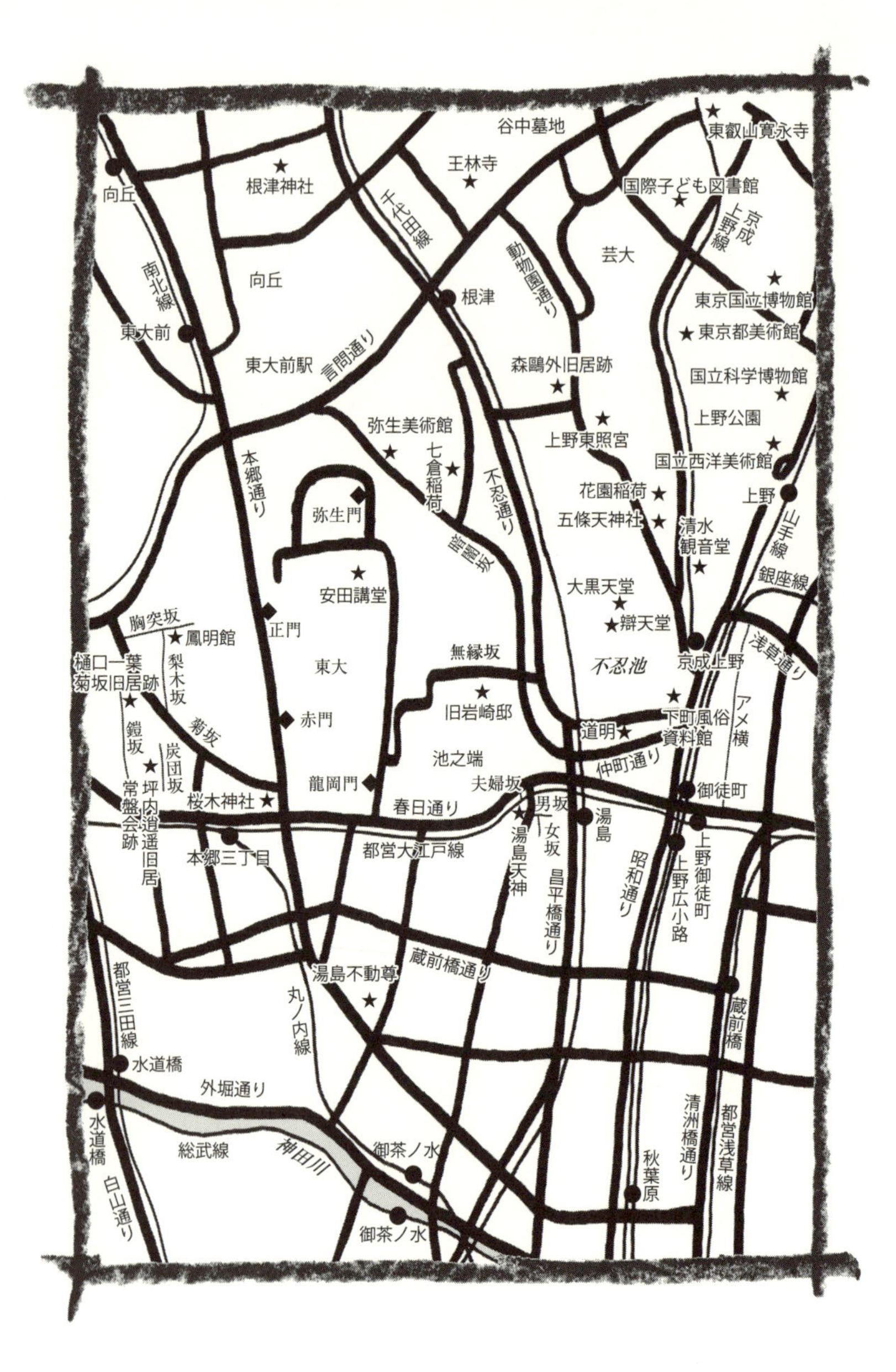

谷中墓地
東叡山寛永寺
根津神社
王林寺
国際子ども図書館
向丘
千代田線
京成上野線
芸大
南北線
向丘
動物園通り
東京国立博物館
根津
東京都美術館
東大前
森鷗外旧居跡
東大前駅
言問通り
国立科学博物館
弥生美術館
上野公園
上野東照宮
本郷通り
七倉稲荷
不忍通り
国立西洋美術館
花園稲荷
上野
弥生門
五條天神社
清水観音堂
山手線
暗闇坂
安田講堂
銀座線
大黒天堂
胸突坂
正門
辯天堂
鳳明館
京成上野
梨木坂
無縁坂
浅草通り
樋口一葉菊坂旧居跡
東大
不忍池
旧岩崎邸
下町風俗資料館
アメ横
赤門
菊坂
道明
鐙坂
炭団坂
池之端
仲町通り
坪内逍遥旧居
龍岡門
夫婦坂
御徒町
常盤会跡
桜木神社
男坂
湯島
春日通り
女坂
湯島天神
上野御徒町
本郷三丁目
都営大江戸線
昭和通り
上野広小路
昌平橋通り
都営三田線
蔵前橋通り
湯島不動尊
蔵前橋
丸ノ内線
水道橋
外堀通り
清洲橋通り
都営浅草線
水道橋
総武線
神田川
御茶ノ水
秋葉原
白山通り
御茶ノ水

台東区の池之端に住むようになって、二十年になる。この二十年で不忍通り沿いもずいぶん変わった。高層マンションが増えた。通りを歩いていると、軽い圧迫感を覚える。通り沿いはほとんどがマンションもしくはテナントビルになってしまった。でも、一歩奥に入ると、それらに隠れるように古いお宅がまだ少なからず残っている。私はマンション住まいだが（古いマンションです）、それらの路地に入り、束の間、気持ちを落ち着かせているところもある。

今回は、地元からスタートし、近辺を歩いてみようと思う。

八月二十日、午前十時過ぎに自宅マンションを出る。晴れてはいるが、雲行きが怪しい。住んでいるマンションの近くに、七倉稲荷神社がある。池之端の氏神様だ。といっても、小さな、かわいい神社である。毎年、九月に祭礼が行われる。コロナ禍で、昨年、一昨年と祭礼が中止になった。今年はどうだろう。根津神社の祭礼も七倉稲荷神社と同じ日程で行われるので、当日は、二つの神社のお神輿が不忍通りを練り歩き、沿道がとても賑やかになる。参拝をして後、神社の脇を抜け暗闇坂まで歩く。

このあたりは、もう文京区。坂の手前が、弥生。坂の先は、本郷だ。本郷側の坂に沿って東京大学の広い敷地が広がっている。大学の敷地は元々加賀藩前田家の藩邸だった。その頃は昼間でも薄暗い坂道だったそうだ。暗闇坂の所以である。言問通りまで上り坂が続いている。

暗闇坂の途中、東京大学弥生門のすぐ向かいに弥生美術館がある。竹久夢二美術館も併設されている。久し振りに入館してみた。「村上もとか展」が開催されていた。村上は、ベテラン漫画家。今年でデビュー五十周年を迎える。村上というと、テレビアニメにもなった『六三四の剣』が懐かしい。それから、個人的には『JIN-仁』、短編作品だが『NAGISA』が好きだ。写真では若く見えるが、今年で七十一歳になるという。彼は、骨太なストーリーテラーだ。会場で『NAGISA』の原画が見られたことは嬉しかった。この原画展で久し振りに思い出したのだが、村上は『私説昭和文学』（小学館）という漫画を描いている。太宰治、永井荷風、梶井基次郎、坂口安吾、四人の文士たちの生き様を村上らしい視点で描いていた。とくに荷風の章は、感じ入るものがあった。この本は自宅にあるはずなのだが、本棚のどこに埋もれてしまったのか、未だに見つからない。

弥生美術館のすぐ並びに、二〇一一（平成二十三）年まで、立原道造記念館があった。こぢんまりとした瀟洒な記念館で、自宅から近かったこともあり頻繁に訪ねていた。私にとっては、弥生美術館とセットのような感じの記念館だった。残念である。立原は東京帝国大学の工学部建築学科出身。学生時代、本郷界隈を歩いたのではないか。彼の設計した「ヒヤシンスハウス」が、さいたま市南区にある別所沼公園内に建っている。立原ファンには聖地だろう。この公園も、よく訪ねる。晩秋の頃が美しい。

本郷通りを御茶ノ水方面に進む。左側は、東京大学の赤レンガの塀、右側は、古書店が連なっている。大学の正門から、大学構内に入ってみた。少し前までコロナ禍のため大学関係者しか構内に入れなかったが、現在はまた一般の人たちも入れるようになった。銀杏並木の先に、安田講堂が見える。夏休みのせいか構内は学生の姿も少なくひっそりとしている。犬を連れ散策している人たちを幾人か見かけた。私も時々散策する。土曜日や日曜日、祝日は、構内を散策している人たちをよく見かける。今日は土曜日。のんびりとした空気に包まれていた。

安田講堂の脇を下っていくと、右手に鬱蒼とした木立に囲まれた池が見えてくる。三四郎池である。三四郎池は俗称で、正式には、育徳園心字池。前述した通り、東京大学は加賀藩の藩邸跡地に建てられた。三四郎池も、赤門も、藩邸だった頃の名残だ。観光客らしき人たちが十名くらい池のほうにぞろぞろと下りてきた。旗を持った年配の男性が池の説明をしている。彼らの横をすり抜け、池に沿って歩いてみた。構内は斜面になっていて、高低差がけっこう大きい。深い木立に囲まれた池を歩いていると、ここが大学構内であることをふと忘れてしまいそうだ。
夏目漱石の小説『三四郎』の主人公小川三四郎は、この池のほとりでマドンナ里見美禰子と出会う。

ふと目を上げると、左手の丘の上に女が二人立っている。女のすぐ下が池で、池の向う側が高い崖の木立で、その後がはでな赤煉瓦のゴシック風の建築である。そうして落ちかかった日が、すべての向うから横に光をとおしてくる。女はこの夕日に向いて立っていた。（略）女の一人はまぼしいとみえて、団扇を額のところにかざしている。顔はよくわからない。けれども着物の色、帯の色はあざやかにわかった。

美禰子さん、なかなか自由奔放な女性で、田舎出の純朴な三四郎は彼女に翻弄される。さらに、大学の同級生佐々木与次郎が美禰子に輪をかけた曲者で、三四郎をあっちにこっちに引っ張り回す。読んでいて可哀想になってくる。そう思わせるあたり、漱石の上手さ

東京大学本郷キャンパス

だろう。明治時代を舞台にした青春グラフィティだが、令和の現在に当てはめてもあまり違和感なく読める。

弓道場を過ぎ、医・教育研究棟を右に折れ、赤門から再び本郷通りに出ようとしたが、あいにく赤門は閉まったままだ。赤門の少し先に、懐徳門という小さな門があった。最近出来た門のようである。

本郷通りを渡り、菊坂通りに入る。緩やかな下り坂が春日方面まで続く。本郷のメイン通りだ。本郷も坂の町である。菊坂通りと、交差、もしくは枝分かれしている道は、ほとんどが坂道。散策には向いているけれども、自転車走行は大変そうだ。途中、昔ながらの精肉店があった。「菊坂メンチ」と書かれたメンチカツに目が行く。自家製だろう。メンチカツは好物である。購入しようとしたが、けっこうボリュームがある。今食べると昼食時に影響しそうだ。購入を堪えさらに通りを下っていく。

途中で通りから逸れ、鐙（あぶみ）坂という坂を上がる。このあたりは細かい路地が多い。坂を上がったところにデュランタとノウゼンカズラが咲いていた。左折し、少し進むと、案内板が立っている。「坪内逍遥旧居・常盤会跡」と表示されていた。炭団（たどん）坂という坂道、というより石段を下りると再び鐙坂に続く小道に出る。路地の一画に、古い井戸があった。このあたりに樋口一葉が住んでいた。旧居はもう残っていないが、この井戸は彼女もよく使っていたという。母親と妹との三人暮らしだった。針仕事等で糊口を凌ぎながら小説を書き始めたのが、本郷菊坂に住んでいた時分である。本名は、樋口奈津。奈津さん、私好みの名である。最近、自宅近所の古書店で『たけくらべ』の現代語訳版を見つけ、購入した。彼女の記念館は、『たけくらべ』の舞台に近い台東区竜泉にある。

菊坂通りに戻り、今度は逆方向の坂を上がる。梨木（なしのき）坂と標示されている。坂の名前を見ているだけでも楽しい。間もなく古い石塀が見えてくる。鳳明館だ。築百二十年を超える老舗和風旅館である。都内の「登録有形文化財」に指定されている。海外からの観光客にも人気があるそうだ。同じ文京区内の根津にも上海楼という老舗旅館があったのだが、二〇〇五（平成十七）年に閉館し、取り壊されてしまった。跡地には現在マンションが建っている。

本郷のこのあたりを歩いていると、塩森恵子の『希林館通り』（集英社）という古い漫画を思い出す。少女漫画誌『週刊マーガレット』に連載されていた作品だ。本郷にある下宿館を舞台にした純愛物だった。ストーリーもさることながら、当時（一九八〇年前後）の東京の街風景がリアルに描写されていた。本郷、御茶ノ水、根津、神田、四ツ谷…。コミックスは、全巻まだ手許に取ってある。この散策の前に久し振りに読み返してみた。私がちょうど東京の街をぶらぶら歩き始めた頃だ。その頃の街風景が、今は懐かしい。

本郷通りまで戻り、桜木神社に参拝する。春日通りに出たところで、「なか卯」を見つけた。「なか卯」、久し振りだな。ここで昼食にしよう。ここの親子丼、好物なのだ。余談だが、牛丼は「吉野家」が美味しい。カレーライスは「松屋」だろう。親子丼は「なか卯」である。…個人的な好みではあるが。


東京大学龍岡門脇の道を池之端方面に歩いていく。さらに鉄門を過ぎると、道は下り坂になる。無縁坂である。坂の右側は旧岩崎邸の古いレンガの塀が続く。坂の左側に近年真新しいマンションが建ったが、独特の空気の残る界隈だ。森鷗外の小説『雁』の舞台となった。坂の途中に、坂の由来と小説『雁』を紹介した案内板が立っている。

東京帝国大学鉄門近くに下宿していた帝大生岡田は、夕食後、無縁坂を下って不忍池から湯島のあたりまで散策するのを日課としていた。

> 岡田の日々(にちにち)の散歩は大抵道筋(みちすじ)が極まつてゐた。寂しい無縁坂を降りて、藍染川(あいそめがわ)のお歯黒のやうな水の流れ込む不忍(しのばず)の池の北側を廻つて、上野の山をぶらつく。それから松源(まつげん)や雁鍋(がんなべ)のある広小路、狭い賑やかな仲町(なかちょう)を通つて、湯島天神の社内に這入つて、陰気な臭橘寺(からたちでら)の角を曲がつて帰る。併し仲町を右へ折れて、無縁坂から帰ることもある。

無縁坂の途中に、お玉の住んでいる妾宅があった。高利貸しの末造が囲っている娘である。家の事情で妾になった。控え目な、気立てのよい娘さんなのである。その彼女が岡田に一目惚れしてしまう。小説の終盤近く、お玉は、意を決し、無縁坂で岡田を待つ。その日に限って、岡田は小説の語り手である「僕」と一緒に無縁坂を下っていく。お玉は声をかけられない。帰りはさらに友人が一人増え、結局彼女は岡田を誘うことが出来ず、翌日、彼は留学のためドイツに旅立ってしまう。

物語としては、哀愁の漂うクライマックスである。個人的には、そりゃないよ鷗外先生、という読後感であった。まあ、運命ですよね。宿命か。でも、小説全体を通して物足りなさを拭えなかった。お玉の想いとは裏腹に、岡田には、彼女に対する恋慕の感情がほとんど見られなかったからだ。最後はすれ違ってしまうにしろ、岡田にお玉を想う気持ちがもう少し出ていれば、この小説の味わいも変わっていたのではないか。そんな感想を以前鷗外好きの友人に話したら、いや、あれでいいのだ、あれがいいのだ、とたしなめられてしまった。

無縁坂を下りきると、不忍通りに出る。通りの向こうに不忍池が広がっている。不忍通りの一つ手前の道を右に折れ、旧岩崎邸の庭園に沿って春日通りまで歩いた。春日通りを渡り湯島の中心街に入る。湯島天神下まで歩き、男坂の急な石段を上がると、湯島天神の境内だ。男坂のすぐ横に女坂がある。こちらは緩やかな坂。もう一つ、本殿の裏に夫婦坂がある。

以前、湯島天神下の路地で青いカンパニュラの花を見かけたことがある。その光景から想像を膨らませて一篇の詩を書いた。

女坂を下りたところで
身体に溜まっていた陰を

おもむろに突き放してみた
昏れていく路地の隅
花の青さが
わずかに残っている
夏にはまだ早い
春とも違う
陰は
匂いに被さったまま
こちらをじっと窺っている

本殿に参拝をし、境内に戻りかけたところで、一組のカップルを見かけた。新婚のようだ。着飾った二人の姿を、親族らしき人たちが幾人か写真に収めていた。そういえば、湯島天神では、神前結婚式というのか、結婚式の光景をよく見かける。学問の神様は、縁結びの柔らかな神様でもあるのだろう。今年、梅の季節にも結婚式を挙げているカップルを見かけた。この神社は白梅の名所でもある。清楚な色合いの花に囲まれ、新婦は、まさに花嫁さんだった。

女坂を下り、仲町通りを歩く。『雁』の岡田の散策と逆のコースだ。通りの中ほどに『道明』という組紐を扱う店がある。組紐は、平安時代から続く伝統工芸品。細い絹糸、または綿糸を組み合わせて編んだ紐だ。着物を着る女性ならご存じだろう。帯の上に締める紐である。着物以外にも、用途は多岐にわたる。店内に入り幾つかの紐を手に取ってみる。

この散策記の三回目で紹介した芝木好子の小説『隅田川暮色』に登場する組紐問屋『香月』は、このお店がモデルになっている。芝木は浅草の育ちだが、十代の終わりから二十代までを湯島で暮らしている。小説の舞台となった組紐問屋を湯島に設定したのも、その体験のせいではないか。主人公の冴子は、浅草に生まれ育ち、東京大空襲に遭遇する。戦後、夫（籍は入っていない）と根津神社近くの小さな家に住み、不忍通りから都電に乗り夫の実家である湯島天神下の『香月』まで通っている。都電はもう走っていないが、冴子の通勤途中に、私の住んでいるマンションがある。上野公園や根津あたりの描写も多い。私にとっては縁の濃い小説だ。組紐に興味を抱くようになったのも、この小説の影響である。

『道明』の前の道を左に折れる。再び不忍通りに出る。通りを渡ると、不忍池。蓮は盛りを過ぎたものの、まだけっこう咲いている。雲が多くなってきた。炎天下でないのは助かるが、蒸し暑い。ハンカチで汗を拭う。最近になって、蓮池のほうに遊歩道が完成し蓮が見やすくなった。土曜日のせいか、人出は多い。蓮の花の先に辯天堂が見える。いかにも上野といった光景である。スケッチの会なのか、六、七人の人たちがスケッチブックを広げ思い思いに不忍池と辯天堂を描いている。幾人かの絵をさり気なく覗いてみた。

池のすぐ脇に下町風俗資料館がある。その裏手のあたりに、かつて「揚げ出し」という朝風呂に入れる料理屋があった。夜行の汽車で上野駅に着いた客や吉原帰りの客などがよく利用していた。評論家の川本三郎のエッセイでこの店を初めて知った。朝風呂に入りさっぱりした後に、熱々の揚げ出しを頂く。たまらないですね。佐多稲子の随筆集『私の東京地図』（講談社文芸文庫）にもこのお店のことが書かれている。佐多は、若い頃上野山下に近い料理屋で働いていたという。「下町」と題した随筆の中で、このあたりは自分の縄張りだとも書いている。随筆に登場する忍川は、かつて不忍池から、御徒町、鳥越のほうへ流れていた川である。

池之端にもまだ市内電車は走っていなかった。池の水の落ちる忍川には三橋の形も標ばかりにもついていた。忍川は「揚げ出し」の裏でちょっと水の姿を見せて、そのあとは広い道の下にくぐって隠れ、御徒町の方へ出て見え隠れしつつ流れ落ちてい

不忍池と辯天堂

た。

辯天堂、そして大黒天堂に手を合わせる。動物園通りを渡って、すぐ向かいにある五條天神社に参拝する。ここは医薬祖神。医療関連法人の参拝者が多い。早春の頃、境内は、白梅、紅梅がきれいだ。五條天神社に寄り添うように、花園稲荷神社が建っている。縁結びの神様である。カップルで参拝したら御利益があるかもしれない。あいにく相方はいないが、一人で参拝する。この神社の石段を上がりきると上野公園に出る。石段は鳥居が連なっていて、観光客には人気がある。数人の人たちとすれ違いながら急な石段を上がり、上野公園に出てみた。

上野東照宮にも参拝をし、国立西洋美術館に向かう途中で雨が降ってくる。傘を差すほどではない。速足で歩いていく。西洋美術館はリニューアル工事のため長く休館していたが、今年の四月にリニューアルオープンした。その記念展として「自然と人のダイアローグ」展が開催されている。美術館の入り口で雨宿りをする。せっかくだから展覧会を観てみよう。この展覧会は七月に一度観ている。今回で二回目の鑑賞だ。

パンフレットには、「印象派とポスト印象派を軸にドイツ・ロマン主義から二十世紀芸術までの絵画や素描、版画、写真を通じ、近代における自然に対する感性と芸術表現の展開を展観します」と書かれている。全体的に柔らかい感じの作品が多い。モネ、マネ、ピサロ、コロー。コローは好きな画家だ。ルノワール、セザンヌ。セザンヌも好きな画家である。そして、ゴーガン、ゴッホ。今回初めて知った画家だが、ウジェーヌ・ブータンの風景画に魅せられた。色合いを含め、端正な繊細さといったらよいのか、私好みの絵だった。画家の名を覚えておこう。この展覧会でびっくりしたのは、大半の作品が写真撮影可だったことだ。一回目に鑑賞した時、本当に撮ってよいのですかとスタッフの方に尋ねてしまったほどである。モネの「睡蓮」の前にはさすがに人だかりができていた。この絵も撮影可である。私もスマートフォンで幾枚か写真を撮った。展覧会のショップで、先ほど観たウジェーヌ・ブータンのポストカードを購入し、美術館を出る。
小雨が降っている。別に濡れて困る服装でもない。そのまま噴水広場まで歩いていく。広場では、昨日から「ウエノデ・ビアフェスタ2022」が開かれている。上野中央商店街が主催しているビールフェスタで、会場にはたくさんの店が出店していた。アイドル系女性ユニットのライブも行われている。気持ちをそそられたが、ぐっと堪える。東京藝術大学の手前の道を右に折れると、国際子ども図書館の重厚な建物が見えてくる。国立国会図書館の支部図書館である。元は帝国図書館の建物だった。ここには世界各国の絵本が揃っている。絵本は大好きだ。時々訪ねる図書館である。

上野公園の外れ近くに、東叡山寛永寺がある。天台宗関東総本山の寺院だ。山号「東叡山」は、比叡山にならい東の比叡山という意味合いを込め付けられた。根本中堂と呼ばれる本堂に手を合わせる。本堂は幕末の上野戦争の時に焼け落ち、明治時代になって再建された。境内に、上野戦争の顛末を記録した「上野戦争碑記」がある。徳川家最後の将軍徳川慶喜は、在任末期、寛永寺に蟄居していた。寛永寺のすぐ裏に徳川家の霊廟がある。徳川吉宗をはじめ六名の将軍が眠っている。もっとも、慶喜だけは、諸事情から、同じ台東区内の谷中霊園に墓所がある。上野公園の敷地のほぼ全てが、かつては寛永寺の境内だった。辯天堂も、清水観音堂も、正確には寛永寺境内の建物である。

境内の入り口近くに、お地蔵さまが六体、雨に濡れちょこんと佇んでいた。赤い頭巾に赤い前掛け。だいぶ古そうだ。いずれも素朴そうな表情である。何となく、霊廟に眠る将軍の姿を連想してみた。お地蔵さまにも手を合わせる。雨が、少し強くなってきた。

あとがき

『詩と思想』二〇二二年三月号から十二月号まで連載した散策エッセイを一冊にまとめたものです。長編エッセイを連載するのは初めての経験でしたので、不安もありましたが、何とか書き上げることができました。

個人的には、私が生まれ育った町を書いた「京浜の匂い」、東京に住むきっかけを書いた「日暮しの里」、現在住んでいる町のことを書いた「池之端界隈」に思い入れが深いかもしれません。その時々に思い出した文学作品や、映画や、テレビドラマ、漫画、自作の詩のフレーズなどを盛り込み、私の散策の集大成のような感じになりました。エッセイの地図を描いてくださった直井和夫氏にお礼を申し上げます。私の気まぐれ散策に、繊細な足取りを加えていただきました。

町のライブ感覚を味わってもらえたなら嬉しい。歩きながら、ちいさなドラマを探しているところがあります。

二〇二四年五月

著者

著者略歴
長谷川　忍（はせがわ・しのぶ）

1960年　神奈川県川崎市生まれ

1995年　詩集『ウイスキー綺譚』（土曜美術社出版販売）
2003年　詩集『遊牧亭』（土曜美術社出版販売）
2015年　詩集『女坂まで』（土曜美術社出版販売）
2024年　詩集『上野、不忍通り』（土曜美術社出版販売）

現住所　〒110-0008　東京都台東区池之端2-6-11-505

［新］詩論・エッセイ文庫　28
遊牧亭散策記（ゆうぼくていさんさくき）

発行　二〇二四年九月三十日

著者　長谷川　忍
装幀　高島鯉水子
発行者　高木祐子
発行所　土曜美術社出版販売
〒162-0813　東京都新宿区東五軒町三―一〇
電話　〇三―五二二九―〇七三〇
FAX　〇三―五二二九―〇七三二
振替　〇〇一六〇―九―七五六九〇九
DTP　直井デザイン室
印刷・製本　モリモト印刷
ISBN978-4-8120-2853-7　C0195